Johan Jonsson

Ett tigerhjärtas bekännelser

Ingen av oss kommer ändå härifrån levande,
så sluta hålla dig själv tillbaka. Njut av maten. Promenera
i solen. Bada i havet.
Berätta vad du döljer i ditt hjärta.
Var galen. Var snäll.
Var levande.
Det finns inte tid för någonting annat.

Richard Gere

© Johan Jonsson 2023
Förlag: BoD – Books on Demand, Stockholm, Sverige
Tryck: BoD – Books on Demand, Norderstedt, Tyskland
ISBN: 978-91-8007-027-0

Kapitel 1

Sven-Åke

Söndag, 27 juni 2021. Det doftar potatisgratäng från ugnen ute i köket. Sven-Åke Hjorth lunkar nyfiket ut till köket där hans fru Gunilla som bäst håller på med att skära upp fläskfilén i lagom stora bitar. När hon känner sig färdig, lägger hon sedan köttet på det stora uppläggningsfatet samtidigt som hon nynnar belåtet. Till det har hon vispat ihop bearnaisesås med hjälp av två pulverpåsar från Blå Band. Gunilla har egentligen alltid haft ett intresse för matlagning, men priserna på de råvaror hon helst velat köpa har oftast varit alldeles för dyra. Både för hennes smak men framför allt för Sven-Åkes. Med Sven-Åkes tillåtelse kostar de på sig en fläskfilé denna helg för att fira hans sextioåttonde födelsedag. Dagen till ära är deras båda barn med respektive och förstås alla barnbarn ditbjudna på middag.

– Är det något jag kan bära ut och ställa på bordet? undrar han och lägger ömt sin hand på Gunillas axel.

– Ja, du får gärna ta ut gratängen från ugnen och ställa den på bordet, är du snäll. Och be Adam att skjuta till altandörren medan han står där ute och röker. Jag känner ju röklukten ända hit, säger hon och rynkar på näsan. Sven-Åke går in till finrummet och ställer gratängen på bordet. Strax bakom honom kommer Gunilla.

– Varsågoda nu allihop! Kom och sätt er. Adam fimpar sin cigarett och går in och sätter sig bredvid sin fru Karin. Rakt över dem sitter Adams lillasyster Charlotte och hennes sambo Tomas. Alla barnbarnen sitter vid ett eget bord ute i köket.

– Ja du farsan, hur känns det att fylla sextioåtta då? flinar Adam.

– Ja vad ska man säga. Krämporna blir ju inte färre för varje år som går, precis. Men vad fan ska man göra, suckar han och sträcker sig efter salladsskålen.

– Men det är väl kul att fylla år? Då får man ju presenter, säger Charlotte, som alltid brukar ha något positivt att säga om det mesta.

– Jo visserligen, men åren går så himla fort när man kommer upp i den här åldern. Vänta du bara tills du är över sextio. Åren bara rasslar till, muttrar Sven-Åke som ser allt annat än glad ut.

– Du är ju lika munter som vanligt, du. Men ikväll när vi har gått får du väl ta och testa whiskeyn du fick av oss? Så får du bjuda morsan på en Irish Coffee som ni kan smutta på framför Bingolotto, säger Adam.

– Jo, jo… det får jag väl ta och göra. Tack, förresten. Du vet allt vilken whiskeysort jag gillar, säger Sven-Åke och tvingar fram ett litet leende. Ute i köket går ett glas i golvet och Gunilla skyndar ut.

– Vad tror du om skjortan och slipsen pappa? Är det rätt storlek? Du brukar väl ha XL? undrar Charlotte med en tillgjord bekymrad min. Dagen till ära är hon som alltid när det gäller födelsedagar, ordentligt uppklädd medan det ljusa håret är lockat med stora vackra lockar. Detsamma gick det inte att säga om hennes sambo Tomas, som är raka motsatsen. Håret ständigt ovårdat och skäggstubben alltid minst två dagar gammal. Oavsett om det är kalas eller inte. Varken Gunilla eller Sven-Åke kan förstå vad deras dotter ser i Tomas, men har valt att inte lägga sig i. De har ju trots allt barn ihop, resonerar de.

– Ja det tror jag väl. Det var länge sedan jag köpte mig en skjorta men det blir nog bra.

– Jag ringde mamma häromdagen och hon trodde att du brukar ha XL. Annars får du väl byta, jag har kvittot kvar om du vill ha?

Sven-Åke viftar med handen i luften.

– Nej, nej! Det blir nog bra med den storleken. Och slipsen blir bra, tack så mycket.

Efter middagen sätter sig Sven-Åke och de andra i hörnsoffan medan Charlotte hjälper Gunilla att diska. I källaren tittar ungarna på tv.

– Mamma, jag tycker pappa verkar vara lite nere i dag. Är det något särskilt som har hänt?

– Nä, det tror jag väl inte. Vad skulle det vara? Han är väl alltid lite butter av sig, vet du väl, skojar hon medan hon torkar av tallrikarna.

– Nä, det är väl som han säger. Att åren bara går fortare och fortare… Jag och Tomas har varit ihop i snart elva år nu, säger hon och ser stolt ut.

– Elva år! Du ser, tiden bara rinner i väg. Trycker du på kaffebryggaren så går jag ner i källaren med lite glass till barnen, säger Gunilla och öppnar frysdörren.

Inne i vardagsrummet går det trögt med samtalsämnen. Adam berättar att hans chef har sagt upp sig och Sven-Åke berättar att det har flyttat in en familj romer lite längre upp på gatan. Tomas väntar på att få bli bjuden på den där whiskeyn som hans svärfar fick i present, men väntar förgäves. Karin vrider sig otåligt i soffan.

– Svärfar, du måste berätta lite om vad du ska hitta på för dumheter om ett par dagar! Adam har inte sagt så mycket, bara att du skulle åka helikopter någonstans i fjällen. Honom får man ju dra ur orden ibland! skojar hon och ser nyfiket på Sven-Åke. Han ser lite generad ut och tittar ner i golvet.

– Äh, jag har ju alltid drömt om att få vandra över en riktig glaciär någon gång, men det har ju aldrig blivit av. Men jag tänkte att jag skulle göra slag i saken i år faktiskt.

– Nämen! Vad spännande! Så du ska åka helikopter till den där glaciären då? fortsätter Karin nyfiket.

– Ja precis. Och det är ju en annan dröm som kommer gå i uppfyllelse, att åka helikopter. Att åka flygplan har ju sin charm förstås, men att åka helikopter, det tror jag är någonting alldeles speciellt. Att få känna den där urkraften i den starka motorn som snabbt lyfter upp dig hundra meter rakt upp i luften och sedan fara framåt i en väldig fart, samtidigt som man hela tiden har en fantastisk utsikt. Ja, detta har också varit en stor dröm för mig, säger Sven-Åke som nästan får en tår i ögonen.

– Men det låter ju helt underbart! Varför har du inte gjort det tidigare? undrar hon.

– Ja du. Vet inte. Det är ju inte helt gratis det här, säger han dämpat.

– Det måste vara svindyrt? Har ni vunnit på lotto? Undrar hon och skrattar.

– Nä, det har vi inte. Men jag tänkte att det kanske är lika bra att passa på, säger han så tyst att det är nästan ingen som hör.

– Vad ska du göra när du är på glaciären då, och hur många är ni som ska åka? För det är väl inte bara du? undrar Tomas.

– Vi är fem stycken plus piloten och guiden. Jag har ingen aning om vilka de andra är, men det märker jag väl när jag kommer till Kirunas flygplats. Tanken är att vi flyger till Tarfala där vi landar någonstans på en glaciär. När vi väl är där så ska vi korsa glaciären med hjälp av stegjärn och rep. Sedan stannar vi och äter nyfångad fjällröding. Det stod att resan passar folk i alla åldrar, så jag antar att tempot är lågt. Men går det för snabbt så får jag väl be dem dra ner på tempot lite. När vi har ätit så ska vi ta oss ner till en dalgång där helikoptern står och väntar på oss. Förhoppningsvis ser vi renar och andra vilda djur, säger Sven-Åke med något drömskt i blicken.

– Det blir ju en jävla resa, farsan! säger Adam och klappar Sven-Åke i ryggen.

– Ja, det ska bli riktigt kul. Jag har sett fram emot detta nu ett tag. Man kunde även göra samma resa fast med en övernattning i tält, men det blir nog för jobbigt för en gammal gubbstrutt som mig.

– Fan, det där låter ju riktigt nice! Finns det inga platser kvar, jag blev ju sugen att följa med, säger Tomas och ser alldeles upprymd ut. Det går en kall kåre längs Sven-Åkes rygg och han är rädd att Tomas menar allvar, men låtsas att han inte hörde. Att få med sig Tomas skulle förstöra hela resan och han börjar snabbt som ögat försöka komma på undanflykter. Som tur var verkade som om att Tomas bara skämtade.

En dryg timme senare vinkar paret Hjorth av de sista gästerna.

– Det är kul när de kommer men är ganska skönt när det åker hem också, muttrar Sven-Åke och lättar på slipsknuten.

9

– Så du pratar! fnyser Gunilla, som innerst inne kan hålla med om att det är skönt när alla barnbarnen har åkt hem.

– Du kunde väl ha bjudit Adam och Tomas på whiskeyn du fick? säger hon surt.

– Äh, då hade jag ju aldrig blivit av med dem. Och Tomas hade väl försett sig själv med både ett och två glas till. Den fan verkar det inte finnas botten i när det kommer till sprit, säger Sven-Åke, samtidigt som han vinglar till och tar emot sig i dörrkarmen in till köket.

– Behöver du sätta dig, älskling? säger Gunilla, som vid det här laget är van att se hennes man ha problem med balansen.

– Nej det går bra. Jag blev bara lite yr men det är bättre redan.

– Är det säkert?

– Jadå. Jag tror jag ska gå och sätta mig i fåtöljen med en liten whiskey. Så kanske det börjar snurra åt andra hållet i stället, säger han och blinkar åt Gunilla.

– Ja gör det. Jag kommer snart in till dig, jag ska bara röja undan lite.

Sven-Åke går fram till barskåpet och tar fram flaskan han nyss fått av sin son i födelsedagspresent och tittar på etiketten. "Jameson triple distilled Irish whiskey" läser han och ser nöjd ut. Han tar upp ett whiskeyglas från barskåpet men tvekar för ett ögonblick. Sedan ställer han tillbaka det och går bort till bokhyllan och öppnar den högra skåpsdörren och tittar in. Där står hans föräldrars finaste servis samt alla de dyra kristallglasen han aldrig fick använda som barn. Inte heller har han gjort det i sitt vuxna liv heller, av någon anledning. Han vet inte om det beror på om det är av respekt för sina föräldrar eller om han är rädd för att tappa ett glas så att det går sönder. Den här

10

kvällen kommer att bli ett undantag. Försiktigt stäcker han sig efter ett av whiskeyglasen och ser på det.

Ingen har druckit ur dessa glas på minst femtio år. Ganska synd egentligen. De bara står här i skåpet och tar plats. Varje gång tanken har slagit mig att använda glasen har jag alltid tänkt att jag väntar till ett bättre tillfälle. Men hur länge ska jag vänta egentligen? Har jag inte väntat tillräckligt nu? När Adam och Charlotte ärver dessa glas en gång i tiden så kanske de inte inser affektionsvärdet i dem och kanske till och med slänger dem för att de är omoderna. Eller så sitter den där jävla Tomas och bälgar i sig billig skitwhiskey i dem. Och kanske till och med har sönder något av dem i fyllan. Far skulle vända sig i graven om han skulle se det. Det får fan inte hända! Bättre att Adam får dem så kan Charlotte få servisen. Jag tror banne mig det är dags att prova ett av glasen ikväll. Innan det är för sent.

Sven-Åke häller högvördigt upp en stadig whiskey och sveper den hastigt och känner hur dess aromer blandar sig i munnen för att sedan bränna till lite i halsen på honom, sedan häller han upp en till och går sedan och sätter sig i sin favoritfåtölj.

En stund senare kommer Gunilla in i vardagsrummet och sätter sig i fåtöljen bredvid Sven-Åke. Klockan har hunnit bli halv nio. Julikvällen är ljum och vindstilla. Utanför hörs det tydligt hur ägarna till Pajalas alla raggarbilar luftar sina V8:or på stadens gator. Glada skratt och skrän hörs på avstånd, men hemma på Åkerbärsstigen är det lugnt.

– Hur går det med dig, gamle gubbe? undrar Gunilla och suckar lätt när hon sätter sig.

– Jodå. Det går väl. Idag har jag inte varit yr förrän nyss. Igår var det värre, suckar Sven-Åke och ser ut genom fönstren som vetter mot deras baksida.

– Du har blivit så mager, älskling. Jag har märkt att din aptit inte är vad den har varit.

– Nä aptiten är inte som den var innan. Den där jävla cancern äter upp mig inifrån. Både fysiskt och psykiskt, muttrar han och undviker ögonkontakt.

– När hade du tänkt berätta för ungarna? Du kan inte hålla tumören hemlig hur länge som helst, det vet du.

– Jag fattar det. Men jag vet bara inte hur jag ska säga det på ett bra sätt. Adam är lugn och klok, han kan nog ta det hyfsat bra. Men Charlotte…

En tår rinner ner för Sven-Åkes kind och han darrar på läpparna. Gunilla fattar hans hand och försöker trösta.

– Fan! Jag lovar dig Gunilla, det går inte en dag utan att jag tänker på hur jag på bästa sätt ska kunna tala om för mina barn att jag bara har några få månader kvar att leva.

– Jag förstår det, kära du. Men de har rätt att få veta. De måste få en chans att får tillbringa den sista tiden med dig, säger Gunilla som försöker få ögonkontakt med sin man, men han undviker hennes blick. Plötsligt börjar Sven-Åke gråta hejdlöst. När han har sansat sig något, torkar han sina tårar samlar sig.

– Det finns så mycket jag ångrar, Gunilla.

– Vad menar du?

– Jag ångrar att jag har varit snål under alla år. Mot mig själv och mot dig och mot våra barn när de växte upp.

– Men du…

– Nej, låt mig få prata klart, avbryter han.

– Vi borde ha unnat oss fler saker när barnen var små, men jag var för snål. Jag är en snål jävel, det vet jag om och jag ångrar det nu. Så in i helvete! Du ville att vi skulle ta med barnen till Mallorca när de var små, men jag sa nej till det. Jag sa även nej till att skaffa en sommarstuga i Dalarna som du alltid har drömt om. Jag tyckte inte att vi skulle lägga våra surt förvärvade sparpengar på någon jäkla stuga nere i Dalarna. I stället ville jag att vi skulle spara pengarna på banken, för att det kunde vara bra att ha längre fram i livet. Spara, spara och spara. Varenda slant som gick att spara, satte vi in på banken och det var sällan vi unnade oss något. Titta bara på den här soffan, den ville du byta ut redan för sex, sju år sedan men jag sa nej. Jag tyckte inte att vi behövde byta den för att den fortfarande var hel, vilket i och för sig stämmer. För att inte tala om badrummen. Den här uppe var vi ju tvungna att renovera på grund av vattenskadan, men toan där nere är ju fortfarande från åttiotalet. Den har du ju velat renovera för många år sedan, men jag tyckte det var onödigt. Du har varit sur och förbannad på mig så många gånger för min snålhets skull och jag vill uppriktigt sagt be om ursäkt för det. Jag har varit en idiot, älskling!

– Säg inte så.

– Jo! Varför i helvete kunde jag inte gå med på att ta med er till Mallorca för? Adam och Charlotte var ju inte utanför Sveriges gränser förrän i vuxen ålder och det är mitt fel, snyftar han och tar en stor klunk ur glaset.

– Jag borde aldrig ha jobbat ända tills jag var sextiosex, bara för att få bättre pension. Kolla på mig nu! Jag ska dö snart. Jag ångrar att jag i stället inte gick i förtid. Vi kunde ha sålt huset och gjort något roligt för pengarna, eller hur?

– Ja. Jo…

– Vi kunde ha köpt den där stugan i Dalarna som du drömt om. Eller köpa en husbil och åkt runt i Sverige bara haft det bra, men jag skulle bara jobba och jobba för att tjäna mer pengar. Nu är allt för sent. En jävla massa pengar på banken har vi, men det är ju inget som jag får någon nytta av nu. Men desto mer till dig.

– Äh, sluta! Vad ska jag med pengar till om jag inte kan dela dem med dig? säger Gunilla, som också får tårar i ögonen. Sven-Åke sväljer och tar ett djupt andetag innan han fortsätter.

– Den dagen jag är borta så måste du kunna ordna med allt det praktiska. Du har ju pratat om att du inte längre vill bo kvar i huset. Adam hjälper dig med allt sådant, han är mentalt stark och duktig. Men du måste gå försiktigt fram med Charlotte.

– Jag vet, hon är skör.

– Huset är väl värt en del och det är ju inga lån kvar, så det blir en bra slant över när du säljer.

– Måste vi ha den här konversationen just ikväll? Du fyller ju år och allt…

– Nä det måste vi inte. Jag har egentligen inte så mycket mer att säga. Men jag ville bara säga att jag ångrar så in i helvete mycket att jag har varit snål mot dig och barnen. Ni förtjänar så mycket mer, men gjort är gjort och jag kan inte ändra på det nu. Allt är inte pengar, jag har äntligen insett det nu, men det är alldeles för sent.

– Sven-Åke, jag har haft ett bra liv med dig, det ska du veta. Ja, du har varit snål många gånger kan jag tycka, men jag är inte heller perfekt. Alla har vi våra fel och brister, men det är som det är nu. Du gör helt rätt i att åka i väg på den här fjällturen. Jag tycker det är jättebra att du verkligen unnar dig något. Hade det inte varit för min flygrädsla så hade jag följt med dig, det vet du. Men det är hög tid att du börja packa. I morgon bitti är det du som plockar fram din resväska från förrådet och packar, min vän. Du borde ha en sådan där lista där du kan bocka av alla dina saker som du ska ha med dig, föreslår Gunilla.

– Det har jag redan. Jag skrev ut en sådan från internet häromdagen. Och ja, jag ska börja packa i morgon, ler Sven-Åke och dricker upp det sista ur whiskeyglaset.

Kapitel 2

Malin

Den silverfärgade Ford Mondeon färdas alldeles för snabbt längs väg 97 i riktning söder mot Luleå. Hon valde mellan Luleå och Jokkmokk men valde Luleå. Det är mer trafik där och det borde bli svårare för Urban att hitta henne om hon tog den vägen. För tio minuter sedan lämnade Malin Strandin Urbans lägenhet i centrala Boden. Hon behövde ligga vaken ända till halv tre på morgonen innan hon vågade smyga sig upp och försiktigt klä på sig sina kläder. Hennes öga är svullet och värker kraftigt. Hon önskar att hon hade haft något att kyla ögat med för att få ner svullnaden men det har hon inte. Hon vågade inte chansa att börja stöka ute i köket, ifall Urban skulle vakna och höra henne. Huvudsaken att hon fick med sig det viktigaste; sin mobil, laddare och plånbok. En plastkasse med lite underkläder, pass, kontanter, en liten necessär och en tjocktröja har legat färdigpackat längst ner i byrålådan sedan länge, ifall det skulle bli nödläge någon gång. Den gången visade sig bli i natt. Allt annat kunde hon klara sig utan.

Det är få bilar som är ute så här dags på dygnet. Ute i den tidiga sommarmorgonen ligger dimman som ett tjockt täcke bitvis ute på fälten. Malin hade lovat sig själv att sticka om han hade gjort illa henne en enda gång igen.

Aldrig mer, inte ett slag till skulle hon tåla. I går kväll gick han för långt igen. Aldrig mer. Egentligen vet hon inte vad som fick honom att slå igår kväll, men någonting måste hon ha sagt för att reta upp honom. Kanske var det där om den där nye läraren hon nämnt, Björn. Allt hon hade sagt var att han verkade vara trevlig och att hon tyckte det var kul att äntligen få en ny arbetskamrat nu när det var så många som slutat på skolan. Inte kunde väl hon hjälpa att det var en manlig lärare som hade börjat. Men tydligen räckte det för att trigga i gång Urbans svartsjuka. Tillsammans med ett gäng Mariestad 7,2:or också förstås. Eller så var det någonting helt annat än den där läraren som triggade honom, hon vet inte. Helt plötsligt blev han hotfull och kort därpå bara small det. Hon minns att han skrek något åt henne, sedan låg hon på golvet. I ren reflex drog hon upp benen och höll sig för huvudet med händerna ifall han skulle göra henne mer illa, vilket han också gjorde. Egentligen vet hon inte varför han bestämt skulle dricka öl en söndagskväll. Kanske var det för att det var varmt och fint väder och att det då smakade extra bra med en öl?

En spark hade träffat henne i ryggen. Det ömmar när hon tar djupa andetag men hon tror inte att något revben är av. Hon kunde inte förstå hur en man kunde bli så oerhört förändrad när han druckit. Urban som kunde vara världens trevligaste kunde tvärvända och bli elak och våldsam. Hans narcissistiska drag blev alltid mycket mer tydliga efter några öl. Han visste minsann allt om sitt jobb och han skulle minsann göra karriär snabbt. Det skulle inte dröja länge tills han blev major brukade han säga, trots att han än så länge bara var sergeant på Norrbottens Regemente i Boden.

Gång på gång tittar Malin i backspegeln för att se om han kommer efter henne, men i backspegeln är det tomt. Strax innan hon kommer fram till Luleå svänger hon in på en bemannad bensinmack och parkerar mellan två höga hyrsläp. Hon är inte dummare än att hon ser till att inte bilen syns från stora vägen. Hastigt småspringer hon fram till macken. Utanför en av bensinpumparna möter hon någon och hon vänder ner blicken i marken och hukar sig något. Allt för att hon inte ska kunna bli igenkänd. Urban skulle såklart kunna fråga folk om de sett en tjej med en blåtira. Ingen kan få se henne så här. Det skulle kunna förstöra allt. När hon kommer in på toaletten låser hon dörren och tar tag om handfatet och andas snabbt. Med huvudet böjt tar hon sedan tre djupa andetag för att lugna ner sig, sedan böjer hon sakta upp huvudet och ser sig i spegeln. Det är värre än hon hade trott. Runt hela hennes vänstra öga syns en blålila svullen ring. När hon försöker blinka så rör sig knappt ögonlocket och det rinner tårvätska ner för kinden. Malin river ut några blad papper ur pappersdispensern och blöter dem med kallt vatten. Sedan håller hon pappret försiktigt mot ögat för att kyla ner det.

Det här skulle jag ha gjort redan i går kväll efter slaget. Det kanske inte gör någon nytta nu. Aj som fan vad ont det gör! Ska jag ringa skolan och sjukskriva mig eller ska jag bara strunta i det? Kanske lika bra att höra av mig, annars kanske någon efterlyser mig. Jag kan säga att jag har åkt på en rejäl förkylning med feber. Jag vet att jag hann starta inspelningen på mobilen igår, men frågan är om den uppfattade ljudet? Mobilen låg ju i fickan. Ljudet kanske inte kan bevisa att han slog mig? Men det är det enda bevis jag har mot den jäveln just nu. Jag väntar med att ringa polisen nu, måste komma härifrån först. Jag måste fortsätta min plan. Det finns ingen återvändo nu, det går inte att fortsätta att leva så här längre.

Malin tar med darrande händer upp sin mobil och ringer till sin kontakt på Kiruna Airport. Tre minuter senare avslutar hon samtalet och stoppar tillbaka mobilen i handväskan. Hon drar en djup suck efter att ha fått ett lugnande besked. I morgon förmiddag gäller det att hon befinner sig på flygplatsen. Ur sin handväska tar hon upp en burk med puder och försöker dölja det värsta av blåtiran. Svullnaden är svår att göra någonting åt lite hudfärgat puder är bättre än inget, resonerar hon. Plötsligt rycker någon häftigt i handtaget på toalettdörren och Malin hoppar till.

Fan, han har hittat mig! Vad gör jag nu? Skriker jag på hjälp?

Hon tar upp flaskan med försvarsspray ur handväskan och gör sig beredd.

Tänker han försöka dyrka upp dörren eller kommer han att vänta tills jag öppnar? Han kan ju inte börja skrika på mig, personalen lär väl undra vad han håller på med. Ska jag ringa polisen och säga att min sambo försöker slå ihjäl mig? Kan jag verkligen vara säker på att det är han som står där ute?

I samma sekund hör hon på avstånd hur en yngling ute i butiken ropar något till sin kompis; "Strunta i toan nu, Roger. Du får pissa längs vägen!" Malin andas ut när hon hör detta och hon kan inte låta bli att småle lite åt grabben utanför. Det var inte Urban som ryckte i handtaget som tur var. Malin låser upp toalettdörren och öppnar. Försiktigt ser hon sig om och ser snabbt att hon är ensam i butiken förutom en ung tjej borta vid disken. Hungern börjar göra sig påmind och hon köper en hamburgare och en Loka Citron. Under hela köpet undviker hon ögonkontakt med tjejen i kassan. Därefter skyndar hon ut till bilen och äter upp maten medan hon kör. När hon är klar ringer hon sin gamla kompis Cecilia från tiden då de pluggade universitetet. Efter några signaler svarar en trött röst.

– Hej Malin. Sover man inte så här dags i Sverige? säger Cecilia. Malin försöker säga något men orden stockar sig i halsen på henne. Det hörs bara snyftningar och Cecilia börjar förstå läget. Hon är den enda som vet hur det verkligen står till med Malin och Urbans förhållande. För ett par månader sedan när de talades vid i telefonen så mer eller mindre tvingade Cecilia Malin att hon måste komma och bo hos henne om Urban inte bättrar sig. Med tanke på hur Malin nu låter på rösten så förstår hon att tiden nu är kommen.

– Men lilla gumman, gråt inte. Är du mycket skadad?

– Äh, inte mer än ett igenmurat öga och ett skadat revben, svarar hon och torkar bort tårarna. Hon börjar få svårt att se vägen på grund av det svullna ögat och all gråt. Hon saktar ner farten något och ser sig ännu en gång i backspegeln.

– Sitter du i bilen? Vet han om att du är på väg hit?

– Mm. Han lär ha vaknat vid det här laget och fattat att jag har stuckit. Men han vet inte vart. Jag är på väg till flygplatsen i Kiruna och jag har ordnat med helikoptertransport såsom vi har pratat om tidigare. Han kör över norska gränsen och släpper av mig i Elvegård. Har du lust att hämta mig där ikväll, tror du? undrar Malin och torkar snor från näsan.

– Självklart gör jag det, det vet du gumman! Hur dags vill du att jag ska vara vid kiosken i Elvegård?

– Klockan Elva borde räcka. Hinner du till dess?

– Ja, det borde gå. Men om jag inte är där då så vet du att jag är på väg. Jag sviker dig inte, vännen!

– Tack! Jag vet inte vad jag skulle göra utan dig, snyftar Malin.

– Klart vi hjälper varandra. Det har vi gjort förr och kommer göra igen. Men… är helikopter verkligen det rätta sättet att ta sig hit? Ska du inte fortsätta på E10:an? Undrar Cecilia.

– Nej, jag vågar inte chansa. Han lär hinna i kapp mig, det är jag säker på. Men om han lyckas hitta bilen på flygplatsen så stannar alla spår efter mig där. Jag har ju inte bokat någon biljett utan betalat piloten direkt. Visserligen med swish, men jag och Urban har olika konton så han kan inte se mina bankuppgifter. Och jag har aldrig nämnt ditt namn för honom, så han vet inte att du existerar.

– Okej, då bör det inte vara någon fara. Försök och lugna ner dig nu och kör försiktigt så du inte kör i diket. Om bara några timmar så ses vi, okej?

– Okej. Och tack för att du finns, Cissi.

De lägger på luren och Malin fortsätter sin resa mot Kiruna.

Kapitel 3

Per

Inte ett knyst hörs i den långa korridoren. Om man hade släppt en knappnål på golvet så hade nog alla värnpliktiga hört den. Det var så Per Castell ville ha det. Per lämnar sitt kontor och går med bestämda steg bort mot kompaniet som står i givakt och väntar på nästa order.

– Lämna av! Ryter han med hög och bestämd ton. En värnpliktig vänder sig mot Per.

– Kapten, soldat Ferm lämnar av andra pansarskytte– kompaniet. Närvarande alla.

– Soldater! Ännu en vecka har gått och ni har lärt er bland annat om närstrid med kniv, vilket ni har gjort bra. Ni ska få ta helg nu och åka hem till era nära och kära, men en sak säger jag er: Var synnerligen försiktiga med de civila! De är inte som vi och de tänker inte som vi, tänk på det. Vi ses här uppställda på måndag morgon kl 07.00. Höger, vänster om! Marsch! skriker Per med bestämd röst och ett sorl från de värnpliktiga hörs som nu äntligen kan slappna av och vara sig själva ända fram till måndag morgon. Ännu en arbetsvecka på regementet I19 i Boden är till ända och Per ska strax åka hem till sin familj. Efter att han har bytt om till civila kläder säger han hejdå till ett par kollegor som fortfarande är kvar. Borta på parkeringsplatsen står hans ögonsten, en svart Ford Mustang Shelby 500 GT och glänser. En riktig muskelbil med V8-motor och över 500 hästkrafter under huven. Den har varit i hans ägo i drygt tre år nu. Det bästa han vet är att glida genom stan tillsammans med sin son, Alfred, på varma sommarkvällar och höra den fina motorn brumma. Allt som oftast brukade de möta Alfreds klasskamrater och de vinkade alltid glatt och vände sig om efter bilen. Alfred brukade då alltid skina upp som en sol och sträcka på sig lite extra. Per vet att Alfreds klasskamrater tycker han har en ball farsa som både är yrkesmilitär och äger en Mustang.

Kvart över fyra svänger Per in på uppfarten till hans och Linns hus på Grytvägen i Boden. Här har de bott i snart sju år nu. Linn är redan hemma från sitt jobb. Hon slutar alltid klockan ett på fredagar. Vädret är ovanligt varmt och behagligt denna fredag eftermiddag och det är redan bestämt sedan tidigare att de ska grilla på baksidan ikväll. Om ett par timmar kommer grannarna över och Linn var förbi Systemet och köpte några öl och cider efter sitt jobb.

Per kliver ur bilen, vinkar till grannen mittemot och går in till sitt hus.

– Hallå! ropar han men får inget svar. Svag musik hörs från baksidan. Han sparkar av sig sina skor, ställer dem prydligt i skohyllan och går igenom hallen och ut genom altandörren. Där ligger Linn i hammocken och tittar i mobilen.

– Hej älskling! säger hon och reser sig upp.

– Hur var det på jobbet? undrar hon.

– Jodå, som vanligt. Är Alfred hemma?

– Nej, han har ju hockeyträning nu vet du väl.

– Just fan.

– Han fick skjuts dit men undrade om du kunde hämta honom. Några tjejer skulle visst se på när de tränade idag, så han vill gärna att du tar Mustangen när du hämtar honom, det går väl bra?

– Javisst. Jag får väl brumma lite extra då, hehe.

– Gör inget pinsamt bara, du vet att han är känslig för sådant, säger Linn med bestämd min.

– Nädå, jag lovar. När slutar träningen då? Är det vid fem?

– Ja.

– Ska han äta med oss sedan när vi grillar med Jossan och Tommy?

– Tror det. Men han pratade om att han skulle i väg lite senare.

– Det gör han rätt i. Ut och ragga brudar, bara. Det gjorde jag också i den åldern! flinar han och ser stolt ut.

– Ända tills du fick mig på kroken, säger Linn och sippar på en cider.

Tre timmar senare sitter Per och Linn vid uteplatsen på baksidan tillsammans med sina grannar. Den dyra Weber-grillen är i gång och det doftar ljuvligt av grillat kött. Bordet är dukat med tallrikar, glas, potatissallad, korvbröd och allt annat som hör till när man grillar. På gräsmattan smyger robotgräsklipparen förbi. Linn och Jossan börjar bli så smått fnittriga. Per och bästisen och tillika grannen Tommy sitter slappt tillbakalutade i stolarna med en varsin Mariestad i händerna och småpratar.

– Men du, är det på måndag som du sticker i väg på den där grejen? frågar Tommy och smuttar på sin öl.

– Japp. På måndag smäller det, säger Per och sträcker lite på sig. Han ser stolt ut när ämnet kommer på tal.

– Du ska alltså åka helikopter från Kiruna och upp till någon glaciär och därifrån så ska du alltså gå tillbaka?

– Nja, jag går ju inte tillbaka ända till Kiruna, utan bara ner till Nikkaloukta där Linn väntar på mig, säger han nöjsamt.

– Men de andra, de åker helikopter tillbaka? undrar Tommy.

– Ja, absolut. Det är bara jag som är en tokstolle som får för mig att göra en riktig jägarmarsch, hehe. Helikoptern landar på glaciären på Tarfala. Där äter vi alla lite god lunch och går en liten promenad om vädret tillåter. Tanken är att efter en lugn promenad i fjällmiljö så fikar vi lite. Sedan när alla är nöjda så åker vi tillbaka till Kiruna igen. Ja, alla utom jag då alltså. Jag drar på mig ryggsäcken och vandrar mot Kebnekaise och sedan när jag nått toppen så går jag ner mot fjällstationen och vidare mot Nikkaloukta, fortsätter Per.

– Men allt kan du väl inte hinna med på en dag? Måste ju vara flera mil? Undrar Tommy.

– Nä, jag tänker tälta en natt vid fjällstationen.

– Shit, det blir ingen dålig promenad. Det hade jag aldrig orkat, säger Tommy med beundran i blicken.

– Äh, det hade du nog. Allt går om man bara vill. Om man bara ger sig fan på något så går det. Det är vad jag försöker övertyga mina värnpliktiga. En del av dem saknar den där gnistan och då får de svårt att ta sig igenom värnplikten. Ofta märker jag på dem redan första dagen om de har viljan eller inte. Syns så tydligt i ögonen. På en del glöder de och på andra är ögonen helt tomma och redan där brukar jag kunna sålla bort vilka som klarar av hela utbildningen eller inte, fortsätter Per självsäkert. Linn avbryter grabbarna.

– Älskling, kan du kolla om köttet är klart? Jag börjar bli hungrig, säger hon.

– Visst.

Per reser sig upp och går fram till grillen. Köttet är klart och han lägger upp det på ett fat och ställer på bordet.

Resten av kvällen äts det god mat och dricks god dricka. Ett parti krocket hinner de med också innan Alfred kommer hem lagom till Linn ställer fram chips och dip. Till det har hon gjort en Irish Coffee. Den ljusa norrlandsluften börjar svalna av ordentligt och Per har slagit på infravärmen. Klockan är halv tolv. På avstånd hörs fortfarande epa-bilarnas dunka-dunka.

– Nämen där är han ju! Tjena gubben, du kommer lagom till lite chips och ostbågar, säger Per och lägger en arm om sin son.

– Du kanske är hungrig? frågar Linn.

– Nädå, det blir bra med lite chips, svarar Alfred lite blygt när han märker hur allas blickar är vända mot honom.

– Sätt dig lite, säger Per och nickar åt den tomma platsen bredvid honom. Alfred sätter sig ner och känner sig lite generad. Per lägger armen om honom och ser stolt på honom.

– Den här grabben ska bli hockeyproffs har han bestämt.

– Jaså, så pass? säger Jossan och låter överdrivet imponerad.

– Man kan ju försöka i alla fall. vore ju häftigt, svarar han och sträcker sig över bordet och tar en näve chips.

– Han har definitivt talangen för att komma långt inom hockeyn. Men så har vi ju tränat på att skjuta skott här på baksidan ända sedan du slutade med blöja, eller hur? säger Per. Alfred rodnar och tittar ner i backen och ler lite försynt.

– Ja alltså de där två kan stå hur länge som helst och skjuta skott om kvällarna. Fast ibland vet jag inte om de tränar hockey eller berättar roliga historier för varandra, för ofta har jag hur de nästan kiknar av skratt, säger Linn.

– Visst, ibland blir det mer skratt än träning. Men vi har jävligt kul du och jag. Eller hur, grabben? säger Per och trycker lite om Alfreds axlar.

– Ja det har vi, säger han och ser med stolthet på sin pappa.

Kapitel 4

Malte

Några kilometer öster om Vilhelmina ligger Aspögården. Gården har fungerat som ett kollektiv för miljöaktivister sedan många år tillbaka. Den är självförsörjande sånär som på elektricitet om vintern. På somrarna odlar de totalt tjugotvå inneboende olika grödor såsom potatis, betor, tomater, gurkor med mera. I den tillhörande ladugården föder de upp höns, getter och två kor. En djupborrad brunn förser dem med vatten och på hela ladugårdstaket finns det solceller.

Malte Vinbladh har bott på kollektivet sedan dryga tjugoårsåldern och det var där han träffade sin två år äldre flickvän Marie. Egentligen heter Malte inte Vinbladh i efternamn, utan Pettersson. Men Marie tyckte absolut att han skulle byta efternamn till ett mer passande om han skulle få flytta in på kollektivet tillsammans med de andra. Efter stor tveksamhet och mot hans föräldrars vilja gick han till slut med på namnbytet. Men Marie var hans första riktiga kärlek och han ville inte gärna göra henne besviken. 2014 gick flyttlasset ut till Aspögården och strax därefter sa Malte upp sig från jobbet som bilmekaniker i Vilhelmina. Han hade alltid haft ett intresse för djur och vildmark, men det som lockade mest med kollektivet var Marie.

Om dagarna arbetade alla i kollektivet aktivt med att hålla i gång gården med alla dess sysslor, men om kvällarna brukade de alla samlas för gemensam matlagning. Ofta drack de sig berusade av hemgjort vin och hembränd sprit. Denna kväll är det Maltes tur att duka och diska. Marie, som inte är den som spottar i glaset, är redan inne på sitt tredje glas vin. Hon sitter tillsammans med några av de andra i soffan och spelar kort. Några röker marijuana. Nils spelar gitarr medan några tjejer sjunger. Några tekniska prylar finns inte och hela gården andas sjuttiotal. Marie tittar otåligt bort mot Malte, som fortfarande håller på med disken efter middagen.

– Hördu! Nu får du ta och bli klar snart! Annars kanske du inte får nån mutta i kväll, gubben! ropar hon och flinar. De andra skrattar och ser bort mot Malte.

– Är du säker på att jag vill ha nån då? ropar han utan att vända sig om. Han torkar torrt de sista glasen och ställer in dem i hyllan och går sedan bort till de andra och sätter sig bredvid Marie. Han ser att hon har svårt att fokusera blicken på honom när han sätter sig ner.

– Det kanske ska räcka för i kväll efter det där glaset? säger han. Inte surt men lågmält och ganska bestämt.

– Darling, jag tror nog att jag är gammal nog och bestämma sånt själv, Lill-Snorre, svarar hon och tar en stor mun vin mitt framför ansiktet på Malte, som i protest.

– Lägg av, du vet att jag inte gillar att du kallar mig så, säger han och ser ut att ta åt sig.

– Varför får jag inte kalla dig för Lill-Snorre för? Alla här inne vet ju redan att du har den minsta snorren här inne, haha! Lyssna nu, darling. Du vet att jag älskar dig, trots att du har ta mig fan den minsta kuken jag någonsin sett, haha! skrattar Marie och får en del skratt med sig från de andra. Malte svarar inte utan biter på sin läpp och blir röd i ansiktet av ilska.

– Men du, ska du tjura ihop nu bara för att jag driver lite med dig? Jag skämtar ju bara, säger hon och lägger sin hand på hans knä.

– Varför måste du alltid vara så pinsam för?

– Men det var väl inte så farligt? Darling?

– Jag… jag tycker bara att…äsch, säger han och reser på sig. Nils spelar vidare på gitarren och verkar inte göra någon större notis om de andra. Några av de övriga kommer och slår sig ner i soffan. Beata tänder en joint och sätter sig bredvid Marie. Hon nynnar på en gammal Janis Joplin-låt.

– Jag går och lägger mig och läser lite, säger Malte. Har ingen lust att festa ikväll, god natt!

Jaja, gör som du vill. Får man ingen god natt-puss? Undrar hon.

– Jovisst…

Han vänder sig om och ger henne en lätt puss på munnen och lommar sedan in till sin säng. Marie tar en klunk vin till och sträcker sig efter Beatas joint.

– Vad var det där om? undrar Beata och sträcker över sin joint.

– Äh, han ska jämt tjura så fort man försöker skämta med honom. Han tål ju fan ingenting.

– Men blev han sur på riktigt?

– Nejdå, för fan. det är bara att låta honom vara en stund så brukar det gå över. Ingen fara med honom.

– Han åker snart va? Japp, om två dagar sticker han till Norrland på nån jäkla fjällresa som han fick i trettioårspresent av sina föräldrar.

– Nämen! Vilken grej! utbrister Beata och ser uppriktigt intresserad ut.

– Mmm. Men jag sa till honom att han får fan åka tåg upp till Kiruna och sedan buss till Nikkaloukta eller vad det hette. Ett tåg släpper ju inte ut några avgaser i alla fall, som det hade gjort om han tagit bil upp. Han har tjatat om att göra den där resan i flera år. Men vandra upp till toppen av Kebnekaise är inte min melodi. Jag föredrar naturen på lägre höjder.

– Hittar han upp till toppen då? undrar Beata och tar tillbaka jointen från Maries hand.

– Men det är ju för fan en guidad tur han ska på. De är ju ett helt gäng som ska gå ihop med den där Renata Chlumska. Jag är skeptisk till henne. Har du inte hört att hon även arrangerar resor ner till Kilimanjaro? Jag vet inte hur många mejl jag har skickat till hennes agent och klagat och informerat dem om hur mycket flygbränsle varje resa drar och hur mycket det förorenar miljön. Jag skrev att jag tycker det är helt jäkla befängt att flyga ända till Afrika bara för att klättra i berg för nöjes skull. Det vore en sak om man måste åka dit i jobbet, men att åka dit bara för att roa sig tycker jag är himla onödigt för miljöns skull. Men jag har bara fått ett enda mejl tillbaka. Fattar du, ett enda mejl och där stod det bara att de ska se vad de kan göra åt saken. Jävla pajas! Egentligen är jag sur på Maltes föräldrar som köpte den där upplevelsen åt honom, suckar Marie och lutar sig bak i soffan.

– Fast det var väl generöst att ge honom en sån present, säger Beata och fimpar i askkoppen som står på bordet.

– Han kommer ju fan aldrig komma ifrån den där bergstoppen levande, haha. Han som knappt vet hur man plockar upp potatisen här ute på åkern. Men jag ha i alla fall packat en resväska åt honom, så slipper han tänka på det, flinar Marie.

Jag tror Malte har en crush på den där Chlumska, han har velat vandra med henne i åratal, suckar Marie.

– Jaså tror du? Vågar du släppa i väg honom då, haha!

– Du, Malte skulle aldrig våga så mycket som titta åt ett annat fruntimmer. Om jag kommer på honom så vet han att det är finito mellan oss, hehe.

– Det låter som om du har skrämt upp honom rejält? säger Beata.

– Det kan du ge dig på att jag har. Han lyder min minska vink, flinar Marie.

Beata gör en bekymrad min och verkar fundera på något.

– Du verkar hård mot honom, men du själv verkar inte vara så monogam?

– Äh, det inte Malte vet om har han inte ont av. Dessutom så har jag och Nisse aldrig gått hela vägen. Bara lite hångel ibland bakom växthuset när andan har fallit på, säger Marie. Hon lyfter upp fingret framför munnen som en min för Beata att vara tyst om detta. Sedan flinar hon och lutar sig tillbaka i soffan.

– Hörru Nils! Sluta och klinka på den där gitarren nu och kom och ge mig en lång kram! ropar Marie och sträcker ut sina armar i luften.

Kapitel 5

Sven-Åke

Klockan är fem på måndag morgon. Sven-Åke sitter i köket och väntar på att kaffet ska bli klart. Från den lilla kassettradion som står i köksfönstret hörs ekonyheterna på låg volym. Det puttrar högt från den gamla bryggaren som står på diskbänken. Han ser ut genom fönstret. Utanför har några småfåglar samlats i äppelträdet. På köksbordet står det två kaffekoppar med fat, ett kakfat med två kubbar och två Ballerinakex. På bordet står även den gamla sockerlådan i koppar som har stått där sedan långt innan deras barn fanns. Toaletten spolar och strax efteråt kommer Gunilla in och sätter sig mittemot.

– Ja du i dag gäller det, säger hon och gäspar.

– Ja, äntligen har den stora dagen kommit.

Sven-Åke reser sig och hämtar kaffepannan och serverar först Gunilla och sedan sig själv.

– Jag behöver väl inte fråga dig om du har packat allting du behöver, säger hon.

– Alltihop är med, jag har gått igenom listan flera gånger.

– Även alla dina mediciner? säger hon med viss oro i rösten. Han ler mot henne.

– Allt är med. Det enda som inte är med mig riktigt är balansen.

33

– Lova mig nu att du är försiktig, tänk på att du inte är någon ungdom längre.

– Jag lovar. Hoppas att Adam inte glömmer bort att han lovat att skjutsa mig idag, säger han oroligt och tittar på köksklockan.

– Det är klart att han inte gör. Han som är så noga med att passa tider. Det är ordning på honom.

– Ja, jag får väl ta bilen själv i värsta fall. Men jag vågar inte åka så långa sträckor längre ju, ifall jag får problem med balansen, muttrar han med oro i rösten. Gunilla lägger sin hand på hans.

– Lugn, han kommer. Ska du inte äta något mer? det kanske dröjer innan ni får någon chans att äta?

– Jag är inte hungrig, jag tar något på flygplatsen. Något har de väl man kan köpa där.

– Ja det borde de ha. Men ifall du skulle få blodsockerfall så stoppade jag ner ett par bullar i din ryggsäck. De ligger i yttersta facket tillsammans med dina läsglasögon, säger Gunilla och ler. Hon anar att anspänningen gör att Sven-Åke inte får ner någon frukost i magen och hon anar också att innan han och Adam har kommit fram till Kiruna så har de två nog varit på de där Ballerinakexen både en och två gånger.

Exakt fem minuter i sex på morgonen stannar Adams bil utanför. Det pirrar till i magen på Sven-Åke och han förstår att det äntligen är dags på allvar. Han har redan tagit på sig sina vandrarkängor och en tunn jacka. Den vanliga kepsen ligger kvar på hatthyllan. I stället har han satt på sig en svart ungdomlig keps med "Nike" tryckt ovanför skärmen och enligt Gunilla så ser han minst tio år yngre ut med den kepsen i stället för den andra. Dessutom är den mycket sportigare och passar bättre till äventyret han ska i väg på, påstår Gunilla. Adam hinner knappt öppna bildörren innan Sven-Åke kommer ut och möter honom.

– God morgon farsan! Är du redo för det stora äventyret?

– Hej på dig. Jo, jag är väl så redo man kan bli. Kan jag lägga ryggsäcken i baksätet?

– Gör det. Mamma, har han med sig allt nu? Vi hinner inte åka och vända ifall något är glömt.

– Allt är packat, ingen fara, svarar hon och ler.

– Tack så mycket förresten för att du ställer upp och skjutsar honom. Han hade ju kunnat köra dit själv såklart, men… han tycker inte om att ha bilen ståendes på flygplatsparkeringen.

– Det är ingen fara. Jag passar ju på och hälsar på Janne när jag ändå är i Kiruna, så hämtar jag pappa ikväll på flygplatsen igen. Adam funderar på vem som i hela friden skulle vilja göra inbrott i sin farsas gamla Volvo 240, men han väljer att inte konfrontera sin pappa med det. Kanske finns det en annan anledning till att han inte vill köra så långt anar han, men nämner inget om det.

När de börjar närma sig Kiruna har Sven-Åke redan fått hålla i sig i dörrhandtaget och blundat tre gånger på grund av yrseln, men han tror inte att Adam märkte någonting. Det är en konstig och otäck känsla när allting plötsligt bara far runt och det blir svårt att fästa blicken. Enligt doktorn kan tyvärr de här yrselattackerna komma alltmer frekvent ju längre tiden lider. Lite yrselattacker då och då kan han stå ut med, men det jobbigaste är att veta att han bara har en kort tid kvar här på Jorden. Det finns så mycket han inte har hunnit med att göra ännu och så mycket han inte har hunnit säga till sina barn som han borde ha sagt för länge sedan.

Tänk om det här är sista gången jag och Adam åker bil tillsammans? Jag kanske blir jättedålig när jag är på fjället och dör där uppe? Det känns som jag borde prata mycket mer med Adam, men jag vet inte riktig om vad bara. Och Charlotte, borde jag åka hem och besöka henne oftare? Men man vill ju inte att hon ska tycka jag hänger där för ofta. Hon skulle ju aldrig säga till i så fall, det är hon för snäll för. Jag måste samla barnen någon dag och tala om hur det ligger till med mig. Stackars Charlotte, hon skulle gå under. Men hur ska jag kunna säga det utan att själv bryta ihop? Och hur ska det gå för Gunilla när jag är borta? Eller...? Blir det rentav en befrielse för henne när jag är borta? Kommer hon att göra allting då, som hon inte har fått göra för mig? Fan, jag har nog inte varit en så bra make som jag har trott. Men allt jag har gjort har jag ju gjort för familjens bästa. Så vi inte skulle hamna i någon skuldfälla. Det är ju mitt livs största mardröm, att Gunilla och jag skulle bli tvungna att behöva sälja huset för att vi inte har råd att betala våra räkningar.

Sven-Åke torkar diskret bort en tår som rinner ner för kinden på honom. Han tänker på allt som varit. Allt som har varit bra men även allt som har varit jobbigt. Skulle han hinna med att be om förlåtelse för allt han gjort fel innan han går bort? Skulle han ens bli förlåten? Åren som skulle bli de bästa i hans liv blev plötslig till veckor och han känner sig nu stressad för varje dag som går som han inte gör någonting av värde. Men han ser i alla fall på Gunilla på ett annat sätt nu. Förut tog han henne för given. Som en person som alltid fanns där i hans liv, men som han aldrig uppskattade så mycket som han borde. Det var hon som såg till att han alltid hade matlåda med sig till jobbet och det var hon som tvättade och dammsög hemma medan han själv kollade på tipsextra om lördagarna. I stället för att vara tacksam för att det alltid var snyggt och prydligt hemma kunde han bli irriterad över att dammsugaren väsnades när han kollade på fotboll. Han hade aldrig bytt sängkläder under deras fyrtiosex år tillsammans. Inte sedan han gjorde lumpen. Han har aldrig behövt, för detta skötte alltid Gunilla. Men till sitt försvar, tänker han, att det var han som såg till att gräsmattan alltid var klippt och det var han som skötte beskärningen av deras fruktträd och det var han som tvättade och vaxade deras bil. Den biten har Gunilla aldrig behövt göra.

Det borde väl ändå räknas in? Klart att det gör, men lik förbannat har jag inte tänkt så mycket på allt det Gunilla gör i hemmet, utan tagit det för givet. Hur ska jag kunna gå hem till henne och tala om för henne nu hur mycket det egentligen har betytt för mig att ha sovit i rena sängkläder och att ha satt på mig nystrukna skjortor? Varför sa jag aldrig något för ett år sedan, för tio år sedan eller för trettio år sedan? Är det för sent nu?

De allvarliga tankarna avbryts plötsligt av en välbekant röst.

– Vad tyst du är i dag, pappa. Det är väl inte så att du är lite nervös?

– Va? Nädå, inte alls. Förväntansfull är man ju så klart.

– För du har väl inte ångrat dig?

– Nej för fan, det här ska bli riktigt skoj. Detta har jag sett fram emot länge. Jättebussigt av dig att ställa upp och skjutsa mig. Verkligen.

– Det är lugnt. Du har väl ställt upp och skjutsat mig en och annan gång till fotbollsträningen när jag var liten, eller hur?

– Jo, ja det har jag väl, svarar Sven-Åke och harklar sig lite.

Adam svänger av några kilometer innan Kiruna där vägskylten visar "Kiruna Airport."

– Tio över åtta. Då har du gott om tid på dig. Jag hänger med in och bär ryggsäcken åt dig och ser till att du kommer ombord på rätt helikopter, skämtar Adam.

– Nej det behöver du inte, jag klarar mig. Bara släpp av mig utanför så klarar jag mig.

– Säkert?

– Jadå, det är säkert. Jag ska inte uppehålla dig mer. Åk i väg du till din kompis så ses vi sedan ikväll när du hämtar upp mig, svarar Sven-Åke.

Vädret var klart och fint denna morgon fram tills för någon timme sedan. En del moln tornar upp sig framför dem, men enligt prognosen ska ovädret som härjar i trakterna kring Lofoten inte dra in i Sverige förrän om ett par dagar. Bakom några fjällbjörkar skymtar tre renar. Adam saktar ner och släpper förbi dem och fortsätter sedan sista biten fram till flygplatsen.

– Du kan väl ta mycket bilder under dagen? Filma gärna lite också, säger Adam och saktar in vid avstigningsplatsen.

– Absolut. Jag tar några kort, både i helikoptern och på fjället. Men det kanske inte är täckning där uppe, men de kommer väl fram förr eller senare, tänker jag.

– Ja, bara skicka i väg dem så kommer de när de kommer, säger Adam samtidigt som han stannar till vid avstigningsplatsen precis framför ingången till flygplatsen.

– Jaha, då vara vi framme. Ha det nu så jättetrevligt då! säger Adam med ett stort leende. Sven-Åke ser inte lika glad ut. Han tvekar några sekunder innan han tar i dörrhandtaget.

– Jo Adam? Klockan är ju inte så mycket än. Du vill inte ta en kaffe och macka där inne? Det hinner jag gott och väl innan det är dags att åka i väg. Om du vill såklart? Jag bjuder naturligtvis. Sven-Åke ser så där oskyldig ut och höjer lätt på ögonbrynen.

– Jovisst, det kan jag göra.

Adam släpper av Sven-Åke och åker vidare bort till parkeringen med bilen. När han är på väg bort mot sin pappa hörs ett högt dån och han sneglar bort mot landningsbanan. Ett flygplan lyfter och han funderar på vart det ska åka någonstans.

Kapitel 6

Malin

Malin som är en skötsam och ordentlig tjej är inte van att ligga i hundratrettio, men det gör hon nu. De gröna låga fjällbjörkarna svischar snabbt förbi när hon kör längs E10:an. Vägen här är vacker med alla de avlånga små sjöar som syns längs vägen. En lite för snabb vänstersväng strax innan samhället Morjärv gör att bakaxeln släpper taget om vägen för en bråkdel av en sekund. Bilen kanar några decimeter i sidled och Malin parerar med ratten och bromsar hårt i ren reflex. Bilen rätar snabbt upp sig igen och inget allvarligt hände, men Malins redan snabba puls dunkar i tinningarna. Hon svär högt för sig själv och drar ner aningen på farten, men inte mycket. Var tionde sekund ser hon sig om i backspegeln om Urban kommer efter henne, men hon ser ingen. Strax innan samhällets slut står en äldre man mitt på tomten. Malin misstänker att han är på väg att hämta morgontidningen. Hon blåser förbi honom i nittio kilometer i timmen. Vägdammet bildar ett stort moln bakom bilen och när hon tittar i backspegeln ser hon hur gubben hytter med näven efter henne. Det har hon full förståelse för och hon hade förmodligen gjort likadant, men hon har inget annat alternativ, hon måste bort från Urban.

Klockan halv fem på morgonen vaknar Urban. Hans mun är torr och han har huvudvärk. Med ena handen känner han efter Malin i den andra delen av dubbelsängen, men hon är inte där. Yrvaket försöker han fokusera blicken på sitt armbandsur och konstaterar att han kan sova några timmar till, men han behöver först ta en Alvedon och ett stort glas vatten innan han lägger sig igen. Nu som först går det upp för honom att det är någonting som inte stämmer. Så här dags på morgonen borde Malin ligga och sova jämte honom, men det gör hon inte.

– Malin? Malin! Är du på muggen? ropar han men får inget svar. Han sätter sig upp på sängkanten och huvudvärken blir med ens kraftigare.

– Var i helvete är hon nu då? muttrar han medan han går bort mot toaletten. När han är klar går han ut till köket och ska just fråga Malin varför hon inte svarar när han ropar på henne, när han märker att han är själv i lägenheten. En hastig blick bort mot klädhängaren och vetskapen om vad han gjorde mot henne igår kväll lägger han snabbt ihop ett och ett. Tröttheten och baksmällan blir med ens som bortblåst när han förstår att Malin har lämnat honom. Han rusar tillbaka in i sovrummet igen och tar upp sin mobil. Vad Malin inte vet om är att han har i smyg installerat en app på hennes mobil som gör att han kan se vart hon befinner sig någonstans. Snabbt konstaterar han att hon färdas västerut någonstans längs E10:an. Han har ingen aning om varför, men han tänker minsann åka efter och hämta hem henne. Ursinnig klär han snabbt på sig och känner i jackfickan efter sin bilnyckel. Den är inte där.

41

Känner efter snabbt i byxfickorna. Finns inte där heller. Rusar in i sovrummet och känner i fickan på den skjorta han hade i går. Inte där heller.

– Förbannade jävla slyna, hon har gömt mina bilnycklar! *Hon ska fan inte få komma undan med det här! Jag ska hitta henne och jag ska fan lära henne att respektera mig. Trodde jag hade lyckats banka vett i skallen på henne, men tydligen inte. Smita ifrån mig mitt i natten och sno min bilnyckel! Hon försöker göra mig till åtlöje, men det här ska hon få fan för. Hon verkar inte fatta vem hon har att göra med.*

Han vet att han har ett par reservnycklar till bilen och de ska ligga i byrålådan, vilket de också gör. *De fanns åtminstone kvar. Fattas bara att hon har punkterat däcken också.*

Huvudvärken gör sig påmind igen när Urban rusar ner i trapphuset. När han kommer fram till bilen kan han konstatera att däcken är hela. Om han hade blåst i ett alkolås nu så hade den definitivt gett utslag, men det bryr han sig inte om. Allt han har i huvudet nu att komma i kapp Malin och när han gör det ska han banka skiten ur henne. Det är han som bestämmer i detta förhållande och ingen annan.

Hon gör jävlar inte slut på det här sättet genom att bara sticka utan att säga något. Vill man göra slut så diskuterar man saker så att båda kan få föra sin talan. Vad fan ska polarna säga när de får reda på att Malin har lämnat mig? Jag vägrar att behöva skämmas inför dem. Malin ska hem och vi ska reda ut det här. Det kommer bli på mitt vis och inte hennes och om hon inte har fattat att det är jag som bestämmer i det här förhållandet ännu så kommer hon att göra det när jag är klar med henne!

Med en rivstart kör Urban ut från parkeringen bakom lägenheten och ut på Skyttegatan. Ena fälgen slår i trottoarkanten men det är inget han märker i sin iver att komma i kapp Malin.

Det värsta adrenalinpåslaget har släppt nu och tårarna på Malin rinner ner för hennes kinder. Hon överväger att ringa sin mamma och tala om vart hon är på väg men väljer att vänta tills hon är framme. *Jag vågar inte ta risken med att berätta för mamma vart jag är på väg. Urban skulle lätt kunna snacka omkull henne, både med charm och i värsta fall våld. Han har ju sagt att han har tränat på sådant i sin militärutbildning. Skulle inte förvåna mig om det stämmer, och det förvånar mig inte om han ljög om det heller. Det jävla svinet! Om han så mycket som petar på mamma då… då vet jag inte vad jag tar mig till.*

Klockan är kvart i nio när hon parkerar sin bil på flygplatsparkeringen. Kvickt tar hon sin väska och låser bilen och småspringer bort till ingången. Nervöst ser hon sig om efter Urbans bil. *Bara jag inte kommer för sent till incheckningen. Vet inte om den vanliga incheckningen gäller för mig. Tror inte det. Jag skulle ringa piloten när jag anlände till flygplatsen sa han.*

För att inte väcka onödig uppmärksamhet med sitt blåslagna ansikte söker Malin upp första bästa toalett hon ser inne på flygplatsen och ringer till piloten Hans Richter. Efter tre signaler svarar han i andra änden.

– Richter.

– Hej, det är Malin. Malin från Boden, säger hon och avvaktar. Det blir några sekunders tystnad.

– Ja okej, hej. Vänta, jag ska bara gå undan lite, säger Hans. Det sprakar i Malins öra och hon förstår att han förflyttar sig så han kan prata ostört. Hon förstår också att om någon

43

skulle komma på vad han håller på med så skulle han antagligen få sparken direkt.

– Är du här på flygplatsen? frågar han lågmält.

– Ja. Jag tänkte bara ringa och säga att jag är här nu. Och fråga vart jag ska ta vägen.

– Gå till gate 8 och säg att Hans Richter säger att det är ok att gå direkt ut till helikoptern. Säg att du är praktikant om de frågar. Vänta till sex–sju minuter innan avgång så ingen börjar misstänka något och ställa frågor.

– Okej. Och du kör mig över norska gränsen och till Elvegård?

– Jag stannar en bit öster om Elvegård så ingen ser helikoptern. Jag vill inte ha något jävla tjafs med några myndigheter. Hoppas du har på dig bra kängor och varma kläder. Varför är det så viktigt att du ska till just Elvegård? Det är ju bara en liten skithåla långt uppe i ingenstans, undrar Hans.

– Inga frågor var vi överens om.

– Jaja, okej. Du kan swisha till detta nummer. Du kommer inte ombord förrän jag har fått pengarna. Tjugofem tusen.

– Va? Vi kom överens om tjugotusen! säger Malin förtvivlat. Återigen känner hon gråten i halsen. Hon vet att hon har så mycket pengar på kontot och lite till. Men de var tänkt att gå till annat.

– Tjugofem tusen eller så kan du hitta en annan pilot som kör dig över gränsen. Om vi har otur så möter vi skitväder på vägen dit och då blir helikoptern svårmanövrerad. Du måste förstå att jag tar en jävla risk här, så tjugofem tusen är fullt rimligt, snäser Hans. Malin suckar hopplöst. Hennes öde ligger helt i pilotens händer och det vet han om.

– Jag swishar så fort vi lagt på.

– Bra, vi ses ombord. Om någon av de andra resenärerna frågar om dig så är du praktikant, förstår du?

– Visst.

De lägger på och Malin swishar över pengarna. *Den snikna jäkeln! Det går fan inte att lita på män! Fattas bara att han blåser mig och inte låter mig följa med ombord på helikoptern.*

I samma sekund som de avbryter samtalet svänger Urban in på Kiruna Airports parkering. Han har kört i ett ursinnigt tempo och har hela tiden följt Malins bil via sin app. Att bilen var på väg till Kiruna begrep han när han såg att den följde E10:an västerut, men han blev mäkta förvånad över att bilen svängde in mot flygplatsen. Med en tvärnit stannar han till framför ingången och rusar in på flygplatsen. Det är inte många personer där inne men tillräckligt många för att det skulle ta en stund att hitta Malin.

Kapitel 7

Per

Det är måndag morgon och klockan är fem. Den stora Haglöfsryggsäcken är färdigpackad och genomgången. Allt är med, det vet han. Kängorna är insmorda och den stora Gerber-kniven som ser ut som tagen ur en Rambofilm hänger i bältet på hans högra sida. Per sa hejdå till alla i familjen redan igår kväll, så slipper de bli väckta så här tidigt på morgonen. Men ändå kunde han inte låta bli att öppna dörren lite försiktigt in till Alfreds rum och titta på honom en extra gång. Per har svårt att förstå att hans grabb redan är tonåring.

Vad tar tiden vägen egentligen? Nyss bytte jag bajsblöjor på honom där inne och nu önskar han sig en rakapparat i julklapp och tjatar om att testa Mustangen. Herregud, det känns inte alls länge sedan som jag gick med Linn fram och tillbaka i korridoren på BB och väntade på att nästa värk skulle komma och helt plötsligt så ska grabben börja gymnasiet… Så blyg och sårbar fortfarande. Men han lär tuffa till sig under gymnasietiden. Måtte det gå bra för honom på hockeygymnasiet. Men jag ska göra vad jag kan för att stötta och hjälpa honom om det behövs.

Per tittar på sin klocka. Tretton minuter över fem. Kvart över fem var det tänkt att åka hemifrån. Han hoppas att ingen i området vaknar när han så försiktigt han kan brummar i väg med Mustangen och åker den fyra timmar långa resan upp till Kiruna Airport. När han parkerar bilen vid flygplatsen och tittar upp i skyn får han en brydd min. Den klara morgonen har ändrat karaktär. Stora mörka moln tornar upp sig borta i väst och han svär tyst för sig själv. Han som hade hoppats på en vacker dag med solsken uppe på glaciären. Så verkar nu inte bli fallet och han hoppas på att få slippa nederbörd åtminstone. Efter att ha skickat ett sms till Linn att han är framme, stiger han ut och sträcker på sig. Kanske borde han ha tagit en paus längs vägen och stelheten i benen påminner honom att han inte är i tjugoårsåldern längre. För ett ögonblick växer ett tvivel inombords. Klarar han av att vandra den långa biten från glaciären och ända till Kebnekaises fjällstation? Det som kändes som en överkomlig uppgift för femton år sedan kanske inte är lika lätt idag? Men snabbt skakar han bort de mörka tankarna och stålsätter sig. Aldrig i helvete att han skulle avbryta detta äventyr om det så skulle blåsa orkan och spöregna under hela färden. Bara tanken om den skam han skulle känna om han skulle behöva ringa efter hjälp på grund av trötthet eller skavsår får honom på bättre tankar.

Med bestämda steg går Per mot ingången till flygplatsen.

Kapitel 8

Malte

Det är söndag eftermiddag. Hela kollektivet har ätit middag. Alla sysslor är klara för idag och det är fritt att göra vad man vill. För Maltes del innebär det avfärd mot Kiruna. På sin cykels pakethållare har han spänt fast sin stora bag och Marie har just gett honom en lång kyss och önskat honom en trevlig resa. Han ska cykla in till Vilhelmina och ta tåget vidare till Kiruna och sedan buss till Nikkaluokta där han ska vandra vidare först till Kebnekaises fjällstation. Det är åtminstone vad Marie tror. I själva verket tänker han cykla hem till sina föräldrar. De har lovat att han ska få låna deras bil. Därefter ska han åka upp till Kiruna Airport och åka på en helikopterresa till en glaciär. Egentligen hatar ha att behöva ljuga för Marie, men om han hade sagt vart han skulle så skulle hon ha stoppat honom. Det var många år sedan han körde bil sist och han är lite nervös inför resan.

Vädret är bra men lite blåsigt. Han vänder sig om och ser på gården. Marie verkar ha gått tillbaka in igen, för han kan inte se henne någonstans. Cykelfärden tar tjugo minuter in till föräldrarnas hus på Tallåsvägen. Malte känner sig nästan som en liten pojke igen när han parkerar sin gamla cykel på tomten. I köket är bordet dukat med kaffe och fikabröd. Mamma Anette har bakat en sockerkaka och det

48

doftar fortfarande härligt nybakat när han stiger in i sitt gamla föräldrahem. Pappa Jan möter honom i dörren med ett stort leende.

– Välkommen hem, grabben! Det var länge sedan man såg dig? Allt väl? undrar Jan.

– Jo det är bara bra. Ska bli så skönt att äntligen få komma i väg på något skoj.

– Vad sa Marie nu då när du åkte? undrar Anette. Anette har aldrig kommit överens med Maltes flickvän men försöker hålla god min så gott det går de gånger de ses.

– Tja, hon sa väl inte så mycket. Hon tycker det såklart det är onödigt att behöva åka så långt för att hitta på något skoj, men hon har givit med sig.

– Ja, fattas väl bara annat, grymtar Jan som ser kollektivet mer som en sekt än ett kollektiv.

– Men du har inte sagt att du tar vår bil upp? undrar Jan.

– Nä det blir lugnast så, ler Malte och slår sig ner vid köksbordet.

– Mmm, kan tänka mig det, säger Anette och snörper lite på munnen.

– Du måste ju få ha lite kul utan att hon ska behöva balla ur?

– Börja inte nu igen, mamma.

– Nä jag ska inte. förlåt. Jag vill ju bara ditt bästa, det vet du väl? säger Anette.

– Jo jag vet det. Och tack så jättemycket för att jag får låna er bil.

– Men det är väl klart! Du tar väl mycket bilder när du är där uppe? undrar Anette och fyller på kaffekoppen.

– Jadå. Jag har med mig min gamla kamera, den funkar nog fortfarande.

– Är det den du fick i julklapp av oss för flera år sedan?
undrar Jan nyfiket.

– Japp.

– Var det inte en Sony CyberShot med tio megapixlar? Den var ganska dyr när vi köpte den, vill jag minnas. Men vad är väl tio megapixlar nu för tiden? undrar Jan.

– Men den funkar bra fortfarande. Det blir bra bilder tycker jag. Fast kamerorna i mobiler i dag är väl säkert mycket bättre, antar jag.

– Jo det är de säkert. Ska du inte skaffa dig en mobil snart? Det är så bökigt att behöva ringa till kollektivets gemensamma telefon varje gång vi ska ha tag på dig, beklagar sig Anette.

– Jag vet inte. Tror inte det skulle vara så populärt bland de andra. Vi har ju pratat om det där förut, mamma, säger Malte vädjande. Anette suckar.

– Jag vet, jag vet! Jag ska inte lägga mig i. Huvudsaken du är lycklig. För det är du väl?

– Mamma, jag måste verkligen åka nu så jag inte kommer fram för sent, säger Malte och dricker upp det sista ur koppen.

En stund senare sitter han i sina föräldrars silverfärgade Ford Mondeo med automatväxel. Aldrig hade han väl trott att han skulle känna en sådan otrolig frihetskänsla när han styrde ut på E45:an! Malte kunde inte komma ihåg när han senast var alldeles för sig själv. Nu skulle han få tre dagar utan några sysslor som måste göras, ingen som pikar honom eller retas med honom. I samma sekund tänker han på Marie där hemma. Skulle hon sakna honom medan han var i väg? Vad skulle hon göra om kvällarna? Och skulle han sakna henne mycket? En tanke slog honom som fick honom en aning brydd. Skulle han verklige hinna sakna henne under de tre dagarna han är i väg? På en bensinmack i Arvidsjaur tar han en första paus för att sträcka på benen och ta en stor kopp kaffe. På stora skärmar bakom butikspersonalen syns bilder på olika sorters korv– och hamburgermenyer och det vattnas i munnen på honom. Vegetarian som han är så känner han sig en aning dum över att ens överväga tanken att äta kött. Han vet att Marie har gjort i ordning flera olika matlådor åt honom, men när han ser de läckra hamburgarna så kan han inte låta bli. Ett av kriterierna för att få bo på kollektivet i Aspögården är att man inte får äta kött, äga ett fordon som drivs av fossilbränsle eller äga kläder som är tillverkade i ett U-land. Malte minns att han tyckte det var jobbigt i början, men kärleken till Marie gjorde att han valde att leva sitt liv fullt ut på kollektivet och underkastade sig de regler som gäller där.

Marie skulle skälla ut mig efter noter om hon såg mig nu. Men om jag äter en enda hamburgare så kan väl det ändå inte vara så farligt? Dessutom har jag ju redan syndat i och med att jag tar bilen upp till Kiruna. Och jag kommer att synda ännu mer när jag åker helikopter. Undra hur mycket flygbränsle en sådan kommer att göra av med under resan? Det vill jag inte ens tänka på. Men nu ska jag ha kul på min resa och inte tänka på sådant. Jag får väl skärpa till mig igen när jag kommer hem.

Medan han väntar på att biträdet gör i ordning hamburgaren sätter han vant upp sitt rågblonda hår i en hästsvans, som han alltid gör innan en måltid. En pappa kommer in i butiken med sina två små söner. Malte tippar på att grabbarna är i fem, sex-årsåldern. De får syn på glassdisken och pekar ivrigt. Pappan ger med sig och köper de glassar som de vill ha. Ögonen lyser på pojkarna och Malte ser att de tre har en fin stund tillsammans när de sätter sig utanför på bänken och äter sina glassar. Servitrisen är klar och serverar hamburgaren. När han sätter tänderna i den saftiga hamburgaren så är det inte långt ifrån att tårarna kommer. Som han har längtat efter att få äta kött! Tuggmotståndet, dressingen och det goda brödet! Han njuter av varenda tugga och är nära att beställa en till men hejdar sig. För att bibehålla sin skärpa köper han en stor kaffe som han tar med sig till bilen och den tänker han sippa på under färden. På väg ut från butiken ser han pappan med de två pojkarna. Tydligen har den minsta av dem tappat sin glass i knät och han gråter förtvivlat. Pappan torkar irriterat på pojkens tröja och verkar skälla på honom. När Malte kommer fram till bilen hejdar han sig och funderar ett par sekunder, sedan går han tillbaka till pappan med de två pojkarna och räcker över en tjuga.

– Är det okej om jag bjuder din son på en ny glass? undrar Malte lite försiktigt. Pappan ser först förvånad ut.

– Men det behöver du inte, säger han och ser en smula dum ut.

– Men jag gör det gärna, säger Malte och ser på pojken som skiner upp som en sol.

– Tack så mycket då, säger mannen och ser tacksam ut.

Malte ler och går vidare till sin bil och kör vidare.

Han beräknar att han är framme vid flygplatsen vid tiotiden på kvällen och väl där så tänker han sova i bilen. Att ta in på hotell i Kiruna hade såklart varit att föredra, men han har ingen lust att slösa pengar på det.

Dryga fyra timmar senare och två stopp för bensträckare är han äntligen framme vid flygplatsen. När han kommer fram, betalat parkeringsavgiften och pinkat i ett buskage, fäller han tillbaka förarsätet så långt det går och lägger sig för att sova. Men den norrländska natten är ljus och det blir svårt att somna. Han somnar inte förrän efter klockan ett och vaknar flera gånger och byter sovställning så gott han kan i det obekväma sätet.

Kapitel 9

Sven-Åke och Adam har precis fikat klart och det är hög tid för honom att gå till gaten. Adam är borta och lämnar brickan i brickastället. Sven-Åke tar sin väska och är beredd på att säga hejdå.

– Så där, farsan. Bäst du skyndar dig nu. Jag hämtar dig i eftermiddag! Ha det bra! säger han hastigt och skyndar i väg. Förvånad över att farvälet gick så snabbt, ser Sven-Åke hur hans son skyndar i väg bort mot utgången. Fullt av människor fyller på i den stora hallen och snart kan han inte längre urskilja vem av alla som är Adam.

Jahopp… Fan vad snabbt han försvann då. Jag hann ju knappt säga hejdå ordentligt. Hade velat krama honom och allra helst berätta för honom att han snart inte längre har någon pappa. Fast läget var väl kanske inte det bästa just nu. Om han ändå visste hur det låg till. Då hade han nog inte ens släppt i väg mig. Jag kanske borde strunta i den här jäkla helikopterresan och umgås så mycket jag kan med mina barn i stället? Tänk om jag blir dålig när jag är i väg och kanske till och med dör? Jag hinner kanske springa i kapp honom och berätta!

Just som Sven-Åke börjar springa efter Adam ljuder högtalarna att det är dags att gå till gate 8. Han hejdar sig. Tvekar för ett ögonblick. Spanar ännu en gång ut över folkhavet för att se Adam men hittar honom inte. Han

54

sväljer hårt och en klump av ångest byggs upp i bröstet på honom. Sakta vänder han sig om och börjar leta efter gaten. Flygplatsen är liten och snart ser han den stora skylten. Där framme står redan några personer och han antar att de också ska med på samma färd.

Per checkar in som nummer två i sällskapet. Glatt och med stadiga steg går han ut från gaten och mot helikoptern. Han känner igen modellen. Det är en Eurocopter AS350. Han vet att den svenska militären har denna modell fast något modifierad. Personen framför honom dirigeras in i framsätet bredvid piloten. Per sätter sig i ett av de fyra baksätena. Han hinner knappt sätta sig förrän en långhårig man i medelåldern hoppar upp och sätter sig bredvid honom. Mannen ler försynt och presenterar sig som Malte. Handslaget är slappt vilket var precis vad Per hade förväntat sig när han såg Malte. Strax därpå stiger en äldre man ombord och Per ser fundersam ut.

Vad i helvete, ska vi ha med oss en gubbe på resan? Hur ska han orka gå? Har han kommit fel eller, hehe.

– God dag på er ungdomar. Sven-Åke heter jag, säger han artigt och sträcker fram handen. En mörkhårig man från framsätet vänder sig om och vinkar glatt.

– Tjena! Ibrahim heter jag!

Väskorna packas i packutrymmet och piloten som ser ut som en "Top Gun-wannabe" fast i femtioårsåldern sätter sig och börjar vrida på spakar ändra på reglage, men motorn verkar ännu inte vara i gång. Han ser otåligt bort mot gaten som om han väntar på någon. En kvinna kommer halvspringande ut mot helikoptern och piloten stiger oväntat ut och pratar med henne. Strax därpå kliver hon in och sätter sig på den sista lediga platsen. Per märker att hon ser stressad ut och misstänker att detta är första gången hon åker helikopter. Han noterar att hon verkar vara någonstans mellan tjugo och trettio gissningsvis och att hon ser söt ut, trots den stora blåtiran som hon förgäves försöker gömma genom att titta ner i backen. Hon verkar först inte vilja presentera sig men när de andra gör det, gör hon det också. För en tiondels sekund ryggar Sven-Åke tillbaka när han ser hennes stora blåtira men finner sig snabbt och håller masken. Malin märker att alla på ett eller annat sätt reagerar på hennes ansikte utom Malte. Han hälsar på henne som vanligt och hennes första tanke är att han måste vara en bohem, musiker eller möjligtvis miljöpartist. Eller kanske rentav alltihop. Malin tar upp sin mobil. Tre missade samtal från Urban och ett sms. Hjärtat slår ett dubbelslag när hon läser vad som står. "Jag kommer att hitta dig, vart du än gömmer dig." Snart hörs det susande ljudet från en motor som startar och strax därpå börjar rotorbladen sakta röra på sig. Alla blir ombedda att sätta på sig hörselkåporna som hänger bredvid dem så att alla kan höra varandra genom dess mikrofoner som sitter på sidan av kåporna. Strax därpå presenterar piloten sig som Hans Richter och hälsar alla välkomna. Han berättar vidare att han även kommer att vara deras guide på den här resan och att flygturen upp till glaciären kommer att ta ungefär fyrtiofem minuter, beroende på väder och vind. Rotorbladens hastighet ökar snabbt och det vinande ljudet är kraftigt. Bara några sekunder senare lyfter helikoptern. Den stiger rakt upp, accelererar långsamt för att sedan göra en U-sväng och vidare mot fjällkedjan som tornar upp sig borta i väst.

Än så länge är det ingen som säger någonting. Det är nu som först som Malin börjar slappna av. Hon är äntligen uppe i luften och det finns nu ingen möjlighet för Urban att få tag på henne. Hon tänker att det inte finns någon som helst chans för honom att han skulle lyckas spåra henne ända till Kiruna.

Antagligen ringer han just nu runt till mina kompisar och undrar om jag är där. Antagligen åker han hem till mamma med. Fan! Bara han inte gör henne illa. Chansen är ganska stor att han inte kommer att tro henne när hon säger att jag inte är där. Kanske tränger han sig in i hennes lägenhet och letar efter mig. Stackars mamma, hon fattar ju inte alls vad som pågår. Men det var nog bäst att inte berätta vart jag är på väg. Urban skulle få ur henne information hur lätt som helst, antingen med hot eller med våld. När det gäller den mannen så förvånar mig inget längre. Men jag ringer henne ikväll när jag har kommit fram. Hon måste få veta var jag är och även allt om Urban. Fattar inte varför jag har hållit honom bakom ryggen. Jag borde ha berättat för mamma att han har misshandlat mig flera gånger. Hon har rätt att få veta, stackaren. Och vad är det för en pilot då? Ett jäkla svin är vad det är, som ska ha tjugofem tusen för att hjälpa mig. Han tror att han är ball som har på sig pilotglasögon och tuggar tuggummi. En fjant är vad han är. Han borde i stället hjälpa mig gratis när jag sa att jag var i knipa. Vad är det för snubbar med på resan? Egentligen kvittar det, för jag lär bara sitta bredvid dem i trekvart, sedan åker ju Hans vidare med mig in till Norge. Den långhårige killen ser snäll ut. Lugn och trygg på något sätt men den där Emil i Lönneberga-mössan han har på sig var inte så vacker. Den korthårige killen glor på mig när han inte tror jag märker något. Glor han på mig för han tycker jag är snygg eller för att jag har ett blåslaget öga? Det lär bara vara en tidsfråga innan han frågar hur jag fått blåtiran. Gubben ser orolig ut. Bekymrad på något vis. Borde han inte vara glad om man har valt att åka på ett sådant här helikopteräventyr? Är han rädd för att flyga kanske? Undra vad han gör med på resan om han är

*rädd för att flyga. Fast nyfikenheten på glaciären och upplevelsen
väger väl tyngre än flygrädslan.*
Per känner sig smått euforisk. Han har inte åkt helikopter
sedan befälsutbildningen. Ett tag var han nära och söka till
stridspilot men ångrade sig i sista stund. Ibland kan han
tänka tillbaka och ångra det beslutet. Men om han hade
sökt och kommit in på stridspilotutbildningen så hade han
aldrig flyttat upp till Boden och då hade han aldrig träffat
Linn och då hade aldrig Alfred funnits. Alfred är hans allt
och han tänker ofta på hur hans liv hade varit om han inte
hade haft honom. Ett liv utan barn hade varit fullständigt
meningslöst och han tänker ofta på hur tacksam han är för
att ha fått en sådan fantastisk grabb. Ibland blir han till och
med tårögd vid tanken, men det är inget han visar för Linn.
Känslor är han inte bekväm med att visa inför henne och
det är mycket hon fortfarande inte känner till om honom,
trots alla år tillsammans. Men vissa saker berättar man
bara inte.

Sven-Åke har tagit fram sin mobil och sträcker sig lite åt
sidan för att ta några fina bilder från luften. Men han sitter
i mitten och ser inte ut att bli nöjd med resultatet och
muttrar tyst för sig själv.

– Ska jag ta några bilder åt dig? undrar Malte som sitter
närmast fönstret.

– Gärna, säger Sven-Åke. Malte hör honom inte, för
mikrofonen är för långt ifrån munnen på gubbens hörlurar
men han förstår att han gärna vill ha hjälp. Det var några
år sedan som Malte höll i en mobil, men kameraappen är
redan i gång och det är bara till att trycka på knappen för
att få bilder, ser han. Per tar fram sin mobil och vill ta en
bild på hela gänget och petar på de andra så de tittar åt
hans håll. Alla ler och Per knäpper av några bilder.

– Vi kan väl byta bilder med varandra sedan när vi kommer tillbaka? undrar han. Alla nickar instämmande och ler. Isen är bruten och till och med Malin ser glad och avslappnad ut nu. Det knastrar till i allas hörlurar.

– Har alla bälten på sig? Jag fick nyss en färsk väderprognos om att vi kommer att mötas av ett kraftigt regn– och åskväder när vi närmar oss högfjället, vilket innebär om bara några minuter, säger piloten. Alla har redan bälten på sig men känner automatiskt att det sitter fast. Hans börjar tycka synd om passagerarna som har betalt dyra pengar för att få en mysig upplevelse uppe på fjället när han förstår att vädret inte är med dem denna dag. Han tänker att om det bara är regn som möter dem så tänker han fullfölja färden, men om det blåser för mycket blir han tvungen att vända. Stämningen blir genast mer dämpad, men Sven-Åke försöker muntra upp dem.

– Jag tycker det ser ut som om att de mörkaste molnen är längre bort. Det hinner säkert slå om och bli bättre väder. Vi är ju inte framme än, ler han. Malin ler lite till svar. Per försöker se vad det är för instrument som finns framme i cockpit, men har svårt att se därifrån han sitter. Han är intresserad av allt som flyger och tänker ställa några frågor om helikoptern när de har landat.

– Om ni tittar ut till höger så ser ni Kebnekaises fjällstation och om bara ett par minuter så kör vi över Kebnekaises sydtopp. Tyvärr lär ni inte se så mycket av den på grund av det rådande busvädret, säger Hans. När Hans anropar kontrollen på flygplatsen får han information om att epicentrum av lågtrycket ligger någon mil söder om deras destination och det rör sig hastigt åt nordost. Det sprakar kraftigt i radion och han har svårt att höra vad de säger, men han tyckte åtminstone de sa så. Han bestämmer sig att ändra rutten något och han styr helikoptern i nordvästlig riktning för att sedan komma in bakom det djupaste lågtrycket. Han meddelar kontrolltornet men blir osäker om de kan uppfatta honom. Sven-Åke ser med orolig min ut genom fönstret och ser hur ett par kraftiga blixtrar lyser upp himlen långt borta söderut. Malin spänner sig och tittar ner på sina händer och ser att knogarna har vitnat. Hon inser att hon håller krampaktigt tag i stolen. Och sneglar mot Malte och ser att han inte längre ser lika lugn ut som innan. Han blickar rakt fram och sitter blick stilla, men ser ändå på något vis samlad ut. Regnet har tilltagit ännu mer nu och Sven-Åke funderar på om han inte ändå ska be piloten att köra dem tillbaka.

I samma sekund hörs ett öronbedövande ljud och hela helikoptern skakar kraftigt. En kraftig blixt har slagit ner i stjärtrotorn. Hans märker att blixten har slagit ut all elektronik och han har inte längre någon kontroll på helikoptern.

Kapitel 10

De som skriker högst är Malin och han som sitter framme hos piloten, Ibrahim. De andra låter inte så mycket utan försöker mest att hålla i sig så mycket de kan. Hans ropar i mikrofonen till de andra att han kommer bli tvungen att nödlanda, men ingen hör honom då elektroniken är utslagen. Helikoptern vobblar och snurrar runt helt okontrollerat och ingen vet längre vad som är norr, söder eller upp och ner. Per försöker titta ut för att orientera sig men de verkar befinna sig mitt bland de låga, mörka molnen. Allt är mörkgrått och han ser inte ner till marken. Hans ger upp försöket att stabilisera helikoptern. I stället försöker han sänka helikoptern så sakta han kan tills han når marken. Men han har ingen aning om hur långt han har till marken eller hur nära han är de branta bergstopparna som omger dem överallt. Servostyrningen lyder inte och han blir tvungen att ta i för att helikoptern ska lyda honom. Förtvivlat söker han neråt med blicken för att försöka se marken men han ser ingenting. Malte blundar hårt med ögonen och bara väntar på att han ska känna hur helikoptern landar, men allt han kan känna är hur den far fram och tillbaka och runt helt okontrollerat. Känslan när han blundar får honom att tänka på åkattraktionerna på Liseberg. Han öppnar ögonen igen och när han tittar ut ser han plötsligt en bergssida i en nästan lodrät vinkel. Innan han hinner skrika till piloten att de är för nära, stöter det plötsligt till. Rotorbladen har slagit emot den branta bergsväggen och de går av med ett väldigt brak. Helikoptern har tappat all flygförmåga. Den girar framåt och faller hastigt neråt. Alla ombord kan nu bara hoppas på att marken under dem ska plana ut fort så kollisionen blir så mild som möjligt.

Det hinner bara gå några få sekunder innan kraschen kommer. Ett fruktansvärt brak och hela fronten trycks in. Piloten Hans Richter och grabben som sitter bredvid honom, Ibrahim, omkommer direkt. Helikoptern voltar tre varv innan den till slut stannar. Hela stjärtpartiet har lossnat och ligger hundratalet meter längre upp på berget. Den som först vaknar till liv efter kraschen är Malte. Det obarmhärtiga regnet piskar honom i ansiktet genom det sönderslagna sidofönstret. Kupén fylls snabbt av kylig luft. Helikopterkroppen ligger på sidan med höger sida ner mot marken. Det första som slår honom är att det inte är som i filmerna, att så fort ett fordon kraschar så uppstår en gigantisk explosion. Han försöker få av sig bältet och lyckas efter några försök. Med en duns ramlar han rakt ner på Per, som fortfarande ligger avsvimmad. Malte gör en snabb analys av läget. Han ser att piloten Hans huvud hänger onormalt snett och instrumentpanelen framför honom verkar ha tryckts in i hans kropp och delat honom rakt itu. Killen som satt framme bredvid piloten syns inte till över huvud taget. Han kan höra hur Malin stönar högt och verkar komma till medvetande alltmer. Fortfarande hänger hon i sitt säkerhetsbälte. Han ser på Sven-Åke. Han ser ut att vara helt vaken, men blicken ser konstig ut och Malte misstänker att han har hamnat i chock.

– Malin? Är du skadad? frågar han men får inget svar.

– Malin? Malin?

– Ja? jämrar hon till svar.

– Är du skadad?

– Jag vet inte. Men huvudet dunkar. K-kan du hjälpa mig loss? Bältet sitter fast.

– Ja. Håll i dig i stroppen där så du inte ramlar ner på Per när jag lossar bältet.

– Jag blöder visst, säger hon och tar sig för ansiktet.

– Det är ingen fara. Håll i dig nu så lossar jag bältet, svarar Malte och knäpper loss henne. Benen faller ner till botten av högersidan av helikopterns insida som vetter åt marken och hon hamnar ansikte mot ansikte mot Per, som fortfarande är medvetslös.

– Herregud, är han död?! skriker hon förtvivlat.

– Nej, han andas. Han är bara avsvimmad. Men han kan vara skadad. Har inte hunnit kolla upp honom än. Sven-Åke? Hallå! Sven-Åke? Hör du mig? ropar Malte, men gubben stirrar bara rakt fram och mumlar något ohörbart. Malte ser att hans arm är bruten men Sven-Åke verkar inte göra någon notis om det. Malte kravlar sig fram på stolssätena och försöker få kontakt med Sven-Åke. Han ger honom två lavetter. Äntligen reagerar gubben och ser på Malte men säger inget.

– Sven-Åke, vi har kraschat med helikoptern. Är du skadad? Har du ont någonstans?

– Kraschat? Ont? undrar han förvirrat.

– Har du ont någonstans? frågar Malte igen. Nu som först tittar gubben ner på sin arm och ser att den är av. Han ger ifrån sig någon form av ljud som inte går att tyda.

– Din arm är av och du blöder lite från huvudet. Du sitter fortfarande fast i bältet men jag ska släppa loss dig nu, okej? Det kommer nog göra ont i armen, men jag måste ta ner dig. Förstår du? frågar Malte och Sven-Åke nickar svagt. Malin försöker hålla emot när Malte lossar honom. Sven-Åke skriker till när armen slår emot botten av helikopterkupén.

– Vi måste försöka väcka Per! säger Malin oroligt. Men innan de hinner försöka få honom medveten börjar han röra på sig. Snabbt märker han att ena lårbenet är av och han grymtar högt av smärta.

– Hur många är skadade? är det första han frågar och ser sig oroligt om.

– Piloten är död och han som satt där framme måste ha ramlat ur på något sätt, för han är inte kvar i sin stol. Sven-Åkes arm är bruten, jag har fått ett slag i huvudet och du har brutit benet, säger Malin.

– Fan. Helvete också. Hur är det med dig, Malte? undrar Per.

– Jag kände ingenting först, men nu när det värsta adrenalinpåslaget börjar släppa så tror jag att min vänstra axel är ur led. Och det är någonting med magen också, svarar han och tar sig för magen. Per blir plötsligt som förstenad och de andra tittar oroligt på honom.

– Vad är det med dig? undrar Malin.

– Det luktar fotogen! Alltså helikopterbränsle. Vi måste ut härifrån, det kan explodera när som helst, säger han och försöker lyfta på sig. Men det brutna lårbenet gör sig genast påmind och han skriker högt av smärta.

– Malin, hjälp Sven-Åke ut ur helikoptern så försöker jag få ut Per härifrån! ropar Malte.

– Men… hur ska du få ut honom när du själv bara har en arm som funkar? undrar Malin. Malte svär högt och tänker några sekunder.

– Jag löser det på något sätt. Se till att Sven-Åke kommer ut härifrån! Nu!

Snart har Malin och Sven-Åke kravlat sig ut ur det som är kvar från helikoptern och har satt sig på betryggande avstånd ifall den skulle explodera. Hon förvånas över hur den sävlige, långhårige killen som hon trodde var en bohem utan förmåga att brusa upp över huvud taget, plötsligt kunde agera som värsta stränga militären. Hon ser sig oroligt bort mot helikoptern för att se om de andra är på väg, men hon ser dem inte. Under tiden verkar Per vara på väg in en chock. Hans andning blir häftig och ytlig och han gråter hejdlöst. Malte förstår att varje minut som de stannar kvar i helikoptern är förenat med livsfara.

– Vi kommer dö! Vi kommer dö! skriker han med gråten i halsen.

– Lyssna nu på mig Per! Vi kommer INTE att dö. Det finns ingen tid att hamna i chock nu. Vi måste ut härifrån så fort som möjligt. Jag kommer att försöka släpa dig ut nu, men jag kan inte göra det själv. Du måste hjälpa till, hur jävla ont du än har i ditt ben. Förstår du?

– Jag fattar, säger Per och grimaserar. Han tar tag med händerna under sig och trycker sig upp till stående ställning. Smärtan som uppkommer när benpiporna gnuggar mot varandra är outhärdlig och han försöker att inte skrika allt för högt. Malte kliver med stor möda ut ur helikoptern och gör sig beredd att hjälpa till och dra upp Per. Men Per har fruktansvärt ont och svetten rinner ner längs hans kinder. Han skakar på huvudet och flåsar högt.

– Jag kan inte, jag kan inte, får han fram.

– Du kan visst! Du måste, annars dör både du och jag här inne, och jag tänker fan inte dö! skriker Malte. Hans vänstra arm hänger ner och han är oförmögen att använda

65

den. Han har än så länge inte ont men han vet att den är ur led. Lukten av flygplansbränsle blir allt starkare och det oroar Malte.

– Kom igen nu! Häv dig upp med händerna här så drar jag i din jacka så mycket jag kan! Per stålsätter sig och sätter händerna på plåten där fönstret nyss satt men som nu är sönderkrossat. Han skär sig på de vassa kanterna men märker inte det. Samtidigt drar Malte i hans jacka så mycket han orkar, men Per lyckas inte komma över kanten. Han faller ihop i en hög på botten av golvet och Malte kan bara föreställa sig den smärta som Per nu känner. Förtvivlat ser han hur Pers benpipa buktar ut på sidan av hans byxor och han är glad att den ännu inte har stuckit ut genom byxan. Per gråter högt av smärta.

– Lyssna nu Per! Vi gör ett försök till, och nu jävlar ska du upp härifrån, det finns inget annat! Fattar du?! skriker Malte. Han blir förvånad över sitt eget beteende och misstänker att rädslan för att dö i en explosion gör honom aggressiv och handlingskraftig.

En blixt slår ner bara ett par hundra meter ifrån dem och en kraftig knall hörs nästan samtidigt. Per ställer sig upp igen och förbereder sig på ett nytt försök. Han plockar bort några glasbitar som har fastnat i hans händer först. Malte som står utanför helikoptern är redan genomblöt av regnet. De bestämmer att de ska skjuta ifrån på "tre." Med nöd och näppe lyckas Per få över större delen av sin kroppstyngd utanför helikoptern. Därefter hjälper Malte till att rulla honom ut och de båda ramlar ner på de hårda stenarna på marken. Malte tappar nästan andan när han får Pers hela kroppstyngd över sig. Malin rusar fram till dem och hjälper Malte att dra undan Per bort till platsen där Sven-Åke sitter. Per har svimmat av smärta och det tar fem minuter att dra hans åttiofem kilo tunga kropp över de stora kantiga stenbumlingarna.

Kapitel 11

De fyra överlevarna är på behörigt avstånd från helikoptern. Malin stirrar med fasa på den och räknar med att det ska smälla vilken sekund som helst, men inget händer. I tio minuter sitter de stilla och försöker samla tankarna. Alla är dyngsura och fryser i det kyliga vädret. Temperaturen på den här höjden är endast några få plusgrader och de blir alltmer nerkylda för varje minut som går. Malin känner efter i sin ficka efter mobilen men rycker till.

– Aj som...! Skärmen på min mobil har krossats. Är det någon annan av er som har en fungerande mobil? Vi måste försöka ringa efter hjälp. Sven-Åke känner i sin innerficka och plockar fram sin gamla Samsung–mobil.

– Bra! Ring 112, säger Malte. Sven-Åke darrar på handen när han låser upp sin mobil med sina redan stelfrusna fingrar.

– Jag verkar inte ha någon täckning, säger han besviket.

– Åh nej, säg inte det! utbrister Malin besviket.

– Testa din mobil då, säger Sven-Åke och ser på Malte.

– Öh, jag äger ingen mobil, säger han uppgivet och rycker på axlarna i en ursäktande gest.

– Men Per kanske har sin mobil på sig, säger han och känner efter i hans fickor. Men han hittar ingen mobil.

– Helvete också! Vi måste ringa efter hjälp, säger Malin nästan panikartat.

– Ja, men jag tvivlar på att det finns täckning här uppe mellan bergstopparna. Jag tror tyvärr att vi är fast här, säger Malte.

– Vad ska vi göra? Vi kommer att frysa ihjäl här innan vi blir hittade. Fan, det var ju inte så här det skulle sluta, snyftar Sven-Åke och drar upp sin jacka så mycket det går.

– Jag tror säkert att radiocentralen på flygplatsen har förstått att det har hänt något med vår helikopter vid det här laget. Men jag tvivlar på att de skickar ut en annan helikopter för att rädda oss så länge ovädret ligger kvar, säger Malte.

– Vad har vi för alternativ? undrar Malin medan hon tittar till Per så att han fortfarande andas.

– Som jag ser det så är ett alternativ att sitta precis där vi är, för om en annan helikopter letar efter oss så är det lättare att se en stor helikopter från luften än några människor, gissar jag. Ett annat alternativ är att vi går tillbaka till helikoptern, men det ger oss inget skydd då den ligger på sidan så att regnet kommer rätt in på oss. Visserligen går hålet kanske att täcka på något sätt, men det finns fortfarande en explosionsrisk anser jag. Alternativ tre är att vi försöker ta oss tillbaka, men jag har ingen som helst aning om vart vi befinner oss eller åt vilket håll vi ska gå. Dessutom är Per skadad i benet så han kan inte gå någonting alls. Jag gissar att vi är någon halvmil från Kebnekaises fjällstation. Men jag vet inte alls åt vilket håll vi har den, resonerar Malte.

– Kommer vi att dö här då alltså? säger Sven-Åke med oro i rösten.

– Jag har en annan idé, men jag vet inte om den är bra nog, säger Malte.

– Vad? undrar Malin.

– Titta uppåt det hållet. Där uppe har vi glaciären. Om vi kan ta oss dit så kanske vi kan gräva oss en bivack och på så sätt skydda oss från regnet och kylan.

– Ja, kanske det. Det är nog bästa chansen för oss. För stannar vi där vi är nu så är det nog inget bra alternativ.

– Fast det är förstås bara en teori jag har. Det kanske inte går att gräva i snön. Eller så är det för tunn snö för att kunna gräva en bivack som vi alla får plats i. Dessutom har vi inget att gräva med.

– Vi måste försöka åtminstone. Jag har en frisk arm i alla fall, säger Sven-Åke.

– Hur gör vi med Per? säger Malte och tittar på Per som fortfarande är medvetslös.

– Jag kan vara kvar här med honom. Jag lägger mig tätt intill honom så vi håller värmen på bästa sätt. Ni två kan gå upp till snögränsen och se om det går att gräva, säger Sven-Åke. Han ser de andra två gå i väg uppför berget och mot glaciären, sedan sätter han sig tätt intill Per.

Hur i helvete kunde det bli så här? Räcker det inte med att jag redan har hjärntumör, ska jag behöva bryta armen och bli fast uppe i fjällen till råga på allt? Hur mycket otur ska man behöva ha egentligen? Satan vad armen värker! Så det är så här det känns att bryta ett ben i kroppen. Minsta lilla rörelse hugger som knivhugg i armen. Och mina värktabletter ligger förstås borta i helikoptern. Men den här stackaren har det inte heller så roligt just nu. Brutet lårben mitt uppe i fjällen. Hur ska vi kunna frakta upp honom till bivacken? När han vaknar till lär han frysa minst lika mycket som jag. Allt är dyblött och kallt är det också. Kanske lika bra att lämna in på en gång, jag kommer ju ändå dö snart.

Medan Malin och Malte tar sig allt högre upp på berget börjar blåsten att öka ännu mer. Vad det verkar så har åskmolnen dock passerat, för tiden mellan blixt och smäll blir allt längre, tänker Malin. Med ena handen känner hon efter i hårfästet efter såret och hon rycker till. Blod rinner längs ansiktet och blandar sig med regn.

– Har du mycket ont? undrar Malte medan de fortsätter uppåt mot glaciären.

– Nja inte så farligt men det dunkar ganska mycket. Det iskalla regnet gör väl att den värsta smärtan minskar lite. Men du verkar ha klarat dig hyfsat? undrar hon.

– Jag vet faktiskt inte. Axeln är ju som den är, men det är någonting i magen som inte är som det ska. Någonting stötte i magen vid kollisionen men jag vet inte vad. Men jag lever i alla fall, säger Malte. De fortsätter ett par hundra meter upp och rundar en bergskam. Sikten är endast ett femtiotal meter just nu då de verkar gå genom låga mörka moln. Malin funderar på om risken är stor att de får en blixt i huvudet nu när de vandrar på stora öppna ytor. Glaciären som de såg tidigare syns inte längre men de vet att de borde vara väldigt nära nu. De stannar och vilar ett par minuter.

– Det kan inte var långt kvar nu, säger Malin och sätter sig på huk. Hon känner ännu en gång på såret i pannan. Det blöder fortfarande.

– Låt mig titta på din panna, säger Malte och synar hennes sår på nära håll. Malin känner en svag doft av hans parfym, eller om det möjligtvis är hans deodorant.

– Det där skulle behöva sys med ett par tre stygn egentligen. Men det blöder inte lika mycket nu längre va?

– Nej det verkar ha minskat lite, säger Malin.

– Igenmurat öga och stort jack i pannan. Man kan nästan tror du har gått en boxningsmatch, försöker Malte skoja. Malin ler till svar.

– Ja eller hur?

Nu kommer det. Nu lär han fråga hur jag fick blåtiran. Men det är fullt förståeligt, jag hade också varit nyfiken och frågat. Jag hade verkligen fel om den här bohemen, han är mer handlingskraftig än han ser ut.

– Vad säger du, orkar du fortsätta en bit till? Det borde inte vara långt kvar nu, säger Malte och reser sig. Regnet har övergått i snö och sikten är nu ännu sämre.

– Ja. vi måste gå vidare. De andra väntar på oss där nere. De lär frysa rejält nu, stackarna. Har du funderat på hur vi ska få upp Per hit?

Konstigt, han frågade aldrig om mitt öga. Om han gjort det så hade jag sagt som det var, det är väl inget att hymla med. Fast han tänker väl såklart mer på att försöka överleva än fråga om en himla blåtira. Undra var Urban är nu.

– Titta där! Säger Malte och pekar. För ett ögonblick skimras de täta molnen och bara femtiotalet meter framför dem på bergets västra sida ser de hur tjock snö ligger täckt så långt ögat kan nå.

Ja, kolla! Hoppas bara att det går att gräva i snön, så den inte är för hård.

– Kom! Vi har ingen tid att förlora, vi måste sätta i gång och gräva så fort vi kan, säger Malte som verkar få ny energi och skyndar sig i riktning mot snön. Bakom honom försöker Malin hänga med så gott hon kan. Malte ödslar ingen tid utan börjar gräva så fort han kommer fram till ett ställe som han finner lämpligt att gräva.

– Vi turas åt att gräva så vi inte tröttar ut oss alldeles, säger han medan han öser snö med den friska armen så gott han kan.

Fan vad snabbt allt gick. Från mulet väder till åska och helt plötsligt blev helikoptern träffad av blixten. Helt jäkla sanslöst! Ovädret måste ha förvånat piloten med. Han hade nog vänt om han hade förstått vilket busväder han åkte in i. Vi måste få till en stor bivack så snabbt som möjligt, annars är det kört för oss. Att få hit gubben blir väl inga större bekymmer, men värre blir det med Per. Den ende av oss som har två friska armar är Malin men hon kan såklart inte dra honom själv. Gubben verkar inte i bästa skick så han kan vi nog inte räkna med. Så det får bli jag och Malin som på ett eller annat vis måste få upp Per hit under skydd. Men hur mycket kommer vi sabba hans ben under färden? Vi har ju inget att spjälka benet med. Han kanske aldrig kommer att kunna bli helt återställd igen. Och smärtan kommer bli olidlig. Men hellre det än att frysa ihjäl där nere. Fan vad det hugger i magen vid vartenda grävtag jag gör. Jag måste ha fått någon inre blödning.

Malte reser sig upp efter att ha grävt konstant i tjugo minuter med sin högra arm. Han flåsar kraftigt och tänker att han borde ha tränat sin kondition mera.

– Orkar du gräva lite, Malin? Snön är ganska hårt packad så det borde gå att få till en bivack här.

– Självklart. Sätt dig ner lite och försök få upp värmen i dina händer, säger hon och börjar skyffla ut snö från det hål som Malte har påbörjat. Malte andas på sina stelfrusna händer. Kylan från snön gör att det värker av smärta i fingrarna. Han flåsar häftigt av ansträngningen och börjar hosta. Han misstänker att den höga höjden de befinner sig på också spelar roll på hur mycket man orkar. Flåset minskar snabbt men hostan blir allt värre. En slemmig klump spottas ut och han förfäras av att den är alldeles röd. Mer blodfärgat slem hostas upp och Malte börjar bli rädd men säger inget till Malin. Han ser att hon gräver mycket mer effektivt än vad han gör som bara har en hand att gräva med och han skäms lite över att hon får göra grovjobbet.

Fyrtiofem minuter senare har de lyckats gräva ut så pass mycket snö att två personer borde få plats i bivacken. Malin är så trött att hon gråter, men det är inget som märks i det yviga snöovädret. Små snöflingor piskar dem konstant i ansiktena, i nackarna och på deras bara händer. De hårda vindbyarna sliter i deras alltför tunna klädsel. Malte vet inte vad som är värst, att stå utanför i snöyran och kylas ner eller gräva inuti bivacken tills mjölksyran sprutar i armen. Han förundras över hur effektivt Malin lyckas skyffla ut all snö men framför allt tänker han på att hon inte en enda gång har beklagat sig över situationen. Malin sticker ut huvudet från bivacken.

– Jag tror det är så pass stort att vi båda kan vara inne och gräva samtidigt nu. Malte är helt slut och bara nickar till svar och tar sig ännu en gång in genom den lilla öppningen. Men det går mycket långsammare för honom att ta sig in, som bara har en fungerande arm. Lite i taget, bit för bit gröper han ur den hårt packade snön och sedan skyfflar ut den genom öppningen. Snön utanför bivacken börjar bli till en stor hög som ligger i vägen, så Malin kryper ut och sparkar undan snön så gott det går. Hon börjar tänka på de andra medan hon sparkar undan snön. *Om jag fryser så jag skakar nu, hur mycket måste inte de andra frysa då? Stackars Per som har fått benet brutet. Vi måste kolla upp hans ben lite närmare när vi får upp honom hit till bivacken.*

Och gubben, hur ska det gå för honom? Det är nog dags att gå ner och försöka få hit dem innan de förfryser.

– Tror du inte att det är tillräckligt stort nu för att alla ska kunna få plats? Vi kan nog inte vänta längre med att hämta de andra! ropar hon i den hårda blåsten. Det är knappt att Malte uppfattar vad hon säger men kommer fram till öppningen.

– Ja, detta borde räcka tills vidare, flämtar han till svar. Han får hjälp upp ur bivacken av Malin och när han kommit upp och ställer sig upp börjar han hosta igen. Ännu en gång får han upp fullt av blod som han spottar ut på stenarna på marken. Han torkar sig runt munnen men mörkt blod smetas ut på kinden, vilket Malin nu upptäcker.

– Hostar du blod?! utbrister hon förfärat. Malte nickar till svar.

– Måste ha fått nån smäll i magen vid kollisionen. Det värker i magen och jag hostar upp lite blod emellanåt. Kom nu, vi måste skynda oss ner till de andra! ropar han i blåsten.

Tre gånger på vägen ner till de andra måste Malte stanna och hosta upp blod. Hans vänstra axel som är ur led börjar värka alltmer och varje steg han tar gör ont. När de närmar sig Per och Sven-Åke ser de att Per vilar sitt huvud mot gubbens ben. Sven-Åke sitter hopkurad så mycket han kan och hör inte när de andra kommer på grund av det smattrande regnet som hela tiden vräker ner.

Kapitel 12

Urban Wiktorsson lämnar Kiruna Airport med raska steg. Ingen personal på flygplatsen han har frågat verkar ha några uppgifter om någon Malin Strandin, vilket Urban finner mycket märkligt. *Vad i helvete är det frågan om egentligen? Hennes bil står ju för fan här på flygplatsen, så hon borde ju flugit någonstans härifrån. Men varför har inte personalen henne i datasystemet i så fall? För inte kan hon väl ha rest under annat namn? Nä, knappast. Har hon ställt bilen här bara för att förvilla mig? Har hon tagit taxi in till Kiruna och lämnat bilen här? Hur fan ska jag kunna hitta henne i så fall? Finns bara ett sätt att ta reda på det. Malins jävla morsa! Hon måste väl ändå veta var hennes dotter är. Om det nu är så att Malin har stuckit i väg någonstans så har hon garanterat talat om för Sonja vart hon tänker ta vägen.* Urban småspringer ut till Malins Ford Mondeo och tittar in genom bilrutan för att se om han kan få någon som helst ledtråd till vart hon kan befinna sig. Men allt han ser är en urdrucken Loka Citron, några godispapper och gammal glasspinne på golvmattan på passagerarsidan. Han bankar hårt på biltaket i frustration och går snabbt bort till sin egen bil och lämnar parkeringen med en rivstart. När Urban blir arg får han tunnelseende. Det han blir arg på är det enda som gäller för stunden. Han kör tillbaka hem till Boden i

76

ilfart. Rödljus och fartkameror bekommer honom inte. Bilister tutar och hytter med näven åt honom och hans bilkörande men han bara ignorerar dem fullständigt.

Klockan ett svänger han upp på uppfarten utanför Sonjas lägenhet i Boden. Innan han går ut ur bilen tar han några djupa andetag för att kunna behärska sig. Taktiken är klar. Först och främst vara vänlig mot henne och försöka lirka fram vad hon vet om Malin och går inte det så blir det den hårda vägen.

Efter den tredje ringsignalen öppnar Sonja dörren, precis innan Urban hade tänkt gå runt till baksidan och kolla om balkongdörren var öppen.

– Hej Urban, säger hon förvånat.

– Hej Sonja. Är Malin möjligtvis här hos dig? säger han behärskat och med lugn ton. Han anstränger sig hårt för att få fram ett litet oskyldigt leende.

– Näe hon är inte här. Är hon inte hemma hos dig? undrar hon och ser lite förvirrad ut. Urban biter ihop käkarna och försöker behålla lugnet.

– Nej Sonja, hon är inte hemma hos mig, men jag tror att du vet vart hon är någonstans. Är det inte så?

– Är hon inte hos dig? Vart kan hon vara då? säger hon och stirrar häpet på Urban.

– Det är precis det jag frågar dig. Är det inte så att hon gömmer sig här inne? Svara ärligt nu, Sonja!

– Men lugna ner dig nu Urban. Malin är inte här säger jag ju. Men varför är du så upprörd? Har ni bråkat? undrar hon och börjar bli osäker på Urbans beteende. Urban drar ännu en gång ett djupt andetag innan han svarar.

– Ja, jag och Malin hade en liten… dispyt igår kväll och hon stack någon gång i natt, av någon jävla anledning och jag tror att hon är här hos dig. Skulle jag kunna få komma in och se om hon är här? Jag behöver verkligen prata med henne, säger han sammanbitet och med något högre tonläge. Nu börjar Sonja förstå vad Malin har menat när hon säger att Urban har två sidor. Hon har aldrig utvecklat det mer än så, bara sagt att Urban kan förändras ibland.

– Snälla Urban, jag säger ju att hon inte är här. Du måste tro på vad jag säger. Åk ner till stan till det där nyöppnade caféet och titta, hon är säkert där.

– Du, säg inte åt mig vad jag ska göra! Om jag säger att hon inte är hemma hos mig så är hon inte det! Och hon sitter inte på något jävla café heller!

Urban tränger sig förbi Sonja och går in i lägenheten och avsynar snabbt köket, vardagsrummet, toaletten och Sonjas sovrum för att se om Malin gömmer sig där, men hon är inte någonstans. Sonja ger ifrån sig ett lågt skrik och vinglar till när Urban puttar på henne.

– Men herregud karl, vad tar du dig till?! Du har ingen rätt att bara tränga dig på hos mig på det där viset! Nu är det du som försvinner härifrån innan jag ringer polisen! ropar Sonja som är alldeles uppskärrad. Det kokar av ilska hos Urban när han inte finner Malin hos sin mamma. Han stegar fram till Sonja och sätter upp sitt pekfinger framför ansiktet på henne.

– Alltså, fan ta dig om du håller henne gömd här någonstans, hör du det! skriker han och lufsar i väg med bestämda steg till sin bil igen. Sonja stänger snabbt ytterdörren och börjar gråta av rädsla. Hon går ut till köket och ser ut genom fönstret och hon ser att Urbans bil försvinner bort i full fart.

Kapitel 13

Sven-Åke rycker till när Malin klappar honom på axeln.

– Hur går det för er? ropar hon i blåsten. Långt borta i öst hörs ett dovt åskmuller. Smällarna är färre och betydligt längre bort nu.

– Jodå, jävligt har det varit många gånger förr men undrar om inte det här tar priset! ropar han och ser bister ut.

– Fryser du mycket? undrar hon, fast hon vet att frågan är dum.

– Så in i helvete! Men undrar om inte Per mår värre. Tror han sover eller nåt. Jag får ingen kontakt med honom. Har försökt ett par gånger men tänker att det kanske är bättre att låta honom sova om han har ont. Jag har kollat att han andas i alla fall, säger Sven-Åke. I samma stund får han syn på Maltes ansikte som har spår av mörkt blod på ena kinden.

– Hur är det med dig Malte?

– Jodå, bättre än Per i alla fall. Jag hostar en del blod och axeln ömmar som fasen, den är ju ur led. Lyssna nu! Malin och jag har grävt en bivack lite längre upp på andra sidan åsen där. Snön har inte hunnit smälta på västra sidan, precis som jag trodde. Vi måste ta oss dit så fort vi kan. Vi kan inte stanna längre ute i det här vädret, säger Malte och ser på de andra.

– Jag förstår det, men hur i all världen ska vi kunna få med oss Per? undrar Sven-Åke och ser på Pers ben. Malte tittar också på Per och slår ut med armarna.

– Jag vet inte riktigt. Men jag vet bara att om vi lämnar kvar honom här så kommer han förmodligen frysa ihjäl under natten. Och vi kan inte stanna här med honom för då kommer det gå illa för oss också. Vi måste helt enkelt ta oss upp till bivacken allihop, säger Malte. Malin går fram och sätter sig på huk vid Pers ben och undersöker det på nära håll.

– Han har en del blod på byxorna. Jag antar att benpipan har trängt igenom huden?

– Antagligen. Fan också. Det kommer bli ett helvete att få upp honom till snögrottan, men vi måste. Sven-Åke, du har en bruten arm och är mycket äldre än oss så du får försöka ta dig upp själv så gott du kan. Jag och Malin får försöka släpa upp Per på något sätt. Börja gå i den riktningen så ser du bivacken så fort du kommer runt krönet, okej? säger Malte till Sven-Åke och pekar med handen.

– Visst, visst! Jag börjar gå nu, säger han och reser på sig med viss möda. På vingliga ben börjar han gå i riktning mot den nygrävda bivacken.

– Malte, vad tror du om att du bär honom på dina axlar så försöker jag gå bakom och lyfta upp fötterna på honom så de inte släpar i marken? Det kommer göra skitont på honom men ändå tror jag det är det bästa sättet, säger Malin.

– Jag håller med. Hur långt har vi upp till snögrottan tror du?

– Skulle tippa på tre hundra meter.

– Ja någonting i den stilen. Du måste hjälpa mig att få upp honom på min rygg, jag fixar det inte själv med en arm, säger Malte.

– Självklart. Men vi måste väcka Per nu så han kan hålla i dig av egen maskin, annars kommer det aldrig att gå. Malin går fram och örfilar Per lätt om kinden. Han vaknar till och ser på henne med dåsiga ögon. Läpparna är blå och synen dimmig, men han är kontaktbar.

– Per, lyssna noga nu. Vi har grävt en bivack en bit härifrån. Vi måste ta oss dit så fort det bara går, annars fryser vi ihjäl här ute i kylan och regnet, förstår du?

– Jag fattar, jag fattar. Hur långt är det dit? undrar Per och grimaserar illa.

– Det är inte mer än tre hundra meter dit, men vägen sluttar svagt uppför hela tiden och det är stenigt underlag. Dessutom kommer vartenda steg göra väldigt ont på dig, så du måste stålsätta dig under några minuter. Det här kommer bli ditt livs jävligaste halvtimme, men du klarar det här, okej?

– Inte för att skryta, men jag har ett ganska tufft yrke till vardags. Vi löser det här, säger Per som låter tuffare än han ser ut just nu.

– Vad jobbar du med?

– Befäl på I19 i Boden, svarar Per och försöker se morsk ut i blicken men lyckas inte så väl. I samma veva ångrar han att han ballade ur direkt efter kraschen och ropade att han skulle dö.

– Å fan. Men du, är det någon som ska tåla detta så är det du. Nu gör vi så här att du reser dig upp så tar du tag runt min hals så bär jag dig upp till bivacken, okej? frågar Malte och ser spänt på Per. Per sväljer hårt och nickar till svar.

81

– Malin, du måste hjälpa till och dra upp Per så han kommer upp på benen, därefter får du hålla i hans fötter när jag bär honom, säger Malte och ställer sig på huk framför Per. De följande två minuterna det tar innan Per är uppe på Maltes rygg är de värsta Per någonsin har varit med om. Särskilt när Malin lyfter upp hans fötter så de inte släpar i backen. På skakiga ben börjar Malte gå. Ett steg i taget rör han sig sakta framåt och upp mot snögrottan. Malin far fruktansvärt illa att se hur Per plågas och hon ser hur hans benpipa buktar mot de dyngsura och blodfärgade byxorna. Hon ser också hur Malte kämpar med varenda steg han tar och hon förstår att även han har ont. Snett över Pers axel ser hon hur Sven-Åke är hundratalet meter framför dem. Just nu har han satt sig ner för att vila. Hon lovar sig själv att om hon mot all förmodan lämnar det här berget levande så ska hon aldrig någonsin sätta sin fot i en fjällkedja igen.

Kapitel 14

Malte är nära att halka flera gånger på de hala stenarna men lyckas än så länge stå på benen. Varenda cell i hans fullkomligt otränade kropp skriker efter vila, men han vägrar att stanna. För han vet att hur jobbigt han än tycker det är att bära på Per så har den stackaren det värre. Fast när det återstår femtio meter kvar tills de är vid bivacken så börjar han tvivla på om det verkligen stämmer längre. Pers tunga kropp frestar på Maltes muskler och rygg något fruktansvärt och greppet som Per har runt Maltes hals och axlar tär hårt på hans vänstra axel som är ur led. För att på något sätt härda ut smärtan som Per känner för varje steg, biter han i sin jacka. Att en vandring på tre hundra meter kunde vara så otroligt jobbig kunde han aldrig i sitt liv föreställa sig. Han räknar en minut i taget och när den minuten har gått tänker han att de borde ha kommit tjugo–trettio meter närmare snögrottan. Vid flera tillfällen hostar Malte och spottar blod, men han kan inte torka sig runt munnen medan har Per på ryggen. Därför ser han mer eller mindre ut som en blodsugande vampyr med allt blod som rinner ner längs munnen och ner på hans dyblöta jacka. När det återstår fem meter kvar skriker Malte åt Sven-Åke, som står utanför bivacken och hjälplöst ser på.

– Hjälp till att få in honom i bivacken! Ta emot honom innan jag tappar honom!

På något sätt och med sina sista krafter lyckas de få in Per i bivacken. Ännu en gång svimmar Per av smärta när de var tvungna att släppa ner honom från Maltes axlar och dra in honom den sista biten in i bivacken. Snart är alla inne och Malin täpper för det mesta på öppningen för att behålla värmen så mycket som möjligt. De har lagt Pers ben så raka som möjligt och han börjar ännu en gång vakna till. Han jämrar sig och vrider sig av smärta. Malin sitter och håller om Sven-Åke för att de båda ska få upp lite värme i sina blöta och stelfrusna kroppar. Malte ligger raklång bredvid Per och stirrar rakt upp i snötaket, som bara är några få decimeter upp. Han är nära att gråta av trötthet efter att ha släpat på Per i flera hundra meter. Sven-Åke säger något till honom men han kan inte ta in vad, han är helt enkelt alldeles för trött. Därefter är de alla helt tysta i över en timme. Per är till slut den som bryter tystnaden.

– Vi måste få av oss våra blöta kläder, annars kommer vi aldrig få upp värmen. Min jacka tål vatten ganska bra så min tröja är relativt torr, säger Per.

– Han har rätt, vi måste få av oss åtminstone på överkroppen och försöka vrida ur kläderna så mycket det går, säger Malin och tar av sig sin jacka och sedan sin t-shirt.

– Jag ska hjälpa dig, Sven-Åke, säger hon och försöker i flera minuter att få av honom hans jacka och tröja trots hans brutna arm. Till slut sitter han där och huttrar i bar överkropp. Malin märker hur han känner sig generad över att sitta bara ett par decimeter från en halvnaken kvinna, men under rådande omständigheter finns det inget annat alternativ. Hon börjar vrida ur kläderna på så mycket vatten som möjligt. Först på Sven-Åkes och sedan sina egna. Malte gör likadant. Per som har erfarenhet av liknande scenario kommenderar de andra att ta på sig kläderna igen.

– Hur otäckt det än känns så måste ni sätta på er de halvtorra och iskalla kläderna igen, därför att den lilla kroppsvärme vi trots allt producerar kommer att så småningom torka plaggen.

Det hinner bli eftermiddag men den hårda vinden och regnet består. Ingen av dem säger så mycket. Alla sitter mest tysta för sig själva och försöker bearbeta allt som har hänt dem. Malte slumrar till i över en halvtimme och vaknar av att Sven-Åke nyser. För ett ögonblick blir han helt oförstående om var han befinner sig men väldigt snabbt blir han varse vart han befinner sig. Han hann drömma att han sprang på ett stort sädesfält. Bort från någonting men han vet inte vad. Det var ingenting som jagade honom, så mycket vet han. Drömmen glöms snabbt bort och han försöker i stället fundera ut vad nästa steg kan vara. Han tittar upp på Malin som ser på honom med mild blick.

– Du hostar inte upp lika mycket blod nu, säger hon och försöker sig på ett litet leende.

– Nä, det är bättre nu när pulsen har sjunkit, svarar han.

Per tittar ut mot den lilla öppningen för att se hur vädret är. Men han behöver egentligen inte se. Han hör hur vinden fortfarande viner där ute.

– Ni förstår säkert själva, men tyvärr kommer ingen att börja leta efter oss förrän efter vädret har stabiliserat sig.

– Inte? undrar Sven-Åke oroligt.

– Nä tyvärr. Ingen helikopter vågar lyfta i det här ovädret och jag tror inte att de sänder ut någon räddningspatrull till fots heller. Vi är tyvärr för långt ifrån helt enkelt. Det skulle ta en dag att gå hit, om de ens hittar oss. Och förmodligen så går det inte ens att gå hit på grund av de höga vattenmängderna som forsar ner i dessa bergstrakter. Och skulle de lyckas ta sig hit till fots så går det inte att frakta oss tillbaka med bårar. Så det enda vi kan göra nu är att avvakta och hoppas på att vädret stabiliseras så snart som möjligt, suckar Per.

– Så det kommer bli en lång natt för oss då, undrar Malin. Per nickar sakta.

– Ja, så blir det nog. Men vi fixar detta. Bara vi försöker hålla modet uppe så kommer det gå bra. Mat klarar vi oss utan, men vatten behöver vi. Så blir vi törstiga så äter vi bara snö.

– Jag vill inte vara gnällig, men jag är redan hungrig. Det känns som jag svimmar snart av hunger, säger Sven-Åke och ser orolig ut.

– Jag har sett på youtube på personer som har levt utan mat i ett par, tre veckors tid. Tro mig Sven-Åke, du kommer inte dö av svält, säger Malte och Per nickar instämmande.

– Är det någon här av oss som äter några mediciner? undrar Per. Gubben sträcker försynt upp sin hand.

– Bara smärtstillande och lite blodtrycksmedicin. Och statiner. Och blodförtunnande och en sömntablett till kvällen. Just det ja, jag har diabetes också och äter medicin för det med, säger Sven-Åke. Malin tittar upp med förskräckt blick på de andra.

– Jag har också diabetes.

– Shit! Vad innebär det i praktiken? Jag är dåligt insatt i hur diabetes funkar, säger Malte.

– Jag har diabetes typ 2. Det innebär att min bukspottkörtel inte är så bra på att producera insulin själv, så därför behöver jag ta tabletter tre gånger om dagen för att hålla värdena stabilt. Men om man rör på sig och inte äter så socker så brukar det kunna gå ganska bra ändå, säger Malin.

– Samma här, säger Sven-Åke.

– Okej, så än är det ingen fara på taket då.

– Nädå, än så länge är det lugnt. Fasen, det var det enda jag missade att ta med mig hemifrån. Alltså tillräckligt med diabetesmedicin, säger Malin.

– Fast det är bara det att jag har mina tabletter i min ryggsäck borta i helikoptern, säger gubben.

– Metformin?

– Ja precis.

– Du kan få av mig, jag har ett par stycken på mig. Vi får dela på de vi har.

– Vad snäll du är. Men än så länge är det ingen fara, vi har ju inget att äta som kan påverka blodsockret, säger Sven-Åke.

– Hörni, nu när det verkar som om att vi ofrivilligt ska sova ihop i natt så kanske vi ska presentera oss för varandra ordentligt? säger Sven-Åke igen.

– Ja, det är väl på tiden. Jag heter Per Castell och bor i Boden, men som ni hör på dialekten så kommer jag ursprungligen från Stockholm. Är fyrtio år. Har bott i Boden sedan jag träffade min fru Linn där och jag blev helt enkelt kvar där. Har en femtonårig grabb som heter Alfred. Jag jobbar som befäl på regementet och har kaptensgrad, säger Per med stolt röst. En kort tystnad råder innan någon av de andra börjar presentera sig. Malte bestämmer sig för att ta över stafettpinnen.

– Malte Vinbladh heter jag. Nyss fyllda trettio år och önskade mig detta lilla äventyr som present, vilket man kan ångra lite nu. Jag bor på ett kollektiv utanför Vilhelmina. Tjejen där hemma var väl inte överförtjust att jag åkte i väg, men att åka helikopter har alltid varit en av mina största drömmar, säger han och sneglar på Malin.

– Malin Strandin heter jag. Ska jag vara helt ärlig så var den här helikopterresan ingen nöjestur för mig. Snarare en hemlig flyktväg från min aggressive pojkvän. Tanken var att piloten skulle släppa av er andra på Tarfala och sedan fortsätta med mig över till norska gränsen och släppa av mig i en liten by där... säger hon och tittar ner i backen.

– Hur gammal är du? Fast man kanske inte ska fråga om en dams ålder, säger Sven-Åke nyfiket medan han försiktigt håller lätt om sin brutna arm.

– Jag är tjugoåtta. Jobbar som mellanstadielärare på Prästholmsskolan i Boden, fortsätter hon och sneglar på Per men kan inte komma på att hon sett honom förut, trots att de bor i samma stad. Alla ser ut att vilja fråga Malin något, men de väljer att avstå.

– Jaha, då har vi kommit fram till min tur nu då, säger Sven-Åke.

– Sven-Åke Hjorth heter jag. Sextioåtta år och ganska nybliven pensionär. Har jobbat som redovisningskonsult så länge jag kan minnas. Tänkte att jag skulle försöka mig på ett sista äventyr innan... tja... innan kroppen säger stopp. Jag och min hustru Gunilla bor i ett litet hus i Pajala. Har två utflugna barn och några barnbarn. Tja, det finns väl inte så mycket mer att säga...

– Men så bra. Då vet vi lite mer om vilka vi ska spendera de närmaste dygnen med, säger Per. Han försöker sig på ett leende men leendet ändrar sig snabbt till en bister

88

grimas då han råkade ändra läget på sin kropp så att hans skadade ben flyttade på sig en smula.

Kapitel 15

Två timmar flyter på. Ingen säger något särskilt. Alla har ont men den som är minst skadad är Malin. Hennes huvudskada har slutat att blöda. Hon har ett stort jack i pannan precis vid hårfästet och det kommer bli ett fult ärr där så småningom. För övrigt har hon full rörelseförmåga och skäms nästan lite för att hon är så mycket lindrigare skadad än de andra. Fast slaget från Urban gör att hon ser lite sämre på ena ögat fortfarande. Malte kommer tillbaka in i grottan igen efter att ha gått ut för att kissa. Han ser på Malin, nästan med lite uppspelt blick.

– Det blåser som fan fortfarande, men det regnar knappt ingenting. Vi ska inte försöka ta oss ner till helikoptern igen och se om vi kan få tag på våra ryggsäckar?

– Jo, det borde vi göra.

Mödosamt reser hon på sig på alla fyra i den lilla snögrottan och kryper mot utgången.

– Kolla om ni kan få med er någon mat. Ni borde hitta den mat som vi skulle ha haft att äta på glaciären, säger Per.

Malte hjälper Malin upp ur den trånga öppningen och de börjar gå ner mot olycksplatsen. Regnet har slutat helt nu men blåsten piskar dem i ansiktet och de får nästan skrika till varandra för att höra vad de säger. Stenarna och klippblocken de går på är fortfarande blöta och hala.

Sträckan på de tre hundra meterna går betydligt snabbare nu än när han gick åt andra hållet och dessutom med en fullvuxen karl på ryggen, tänker Malte.

– Hade du någonting i din ryggsäck som du kan ha användning av? undrar Malin.

– Egentligen bara en regnjacka och en påse med Ahlgrens bilar. Du då?

– Jag tog ingen väska med mig, bara en plastpåse med lite underkläder och laddare till mobilen. Och en necessär. Allt annat kan jag klara mig utan. Jag skulle ju vidare till Norge till min vän…

– Å fan. Du reste verkligen med lätt packning. Men Per har säkert saker i sin ryggsäck. Han skulle ju för fasen vandra från glaciären och ända ner till Nikkaluokta, ropar Malte i blåsten.

– Det finns faktiskt en positiv sak med vinden, ropar Malte.

– Det har jag svårt att tänka mig. Vaddå? undrar Malin.

– Våra kläder torkar snabbare nu.

– Det har du rätt i.

– Alltid något att glädja sig åt, flinar Malte. När de närmar sig helikoptervraket känner de hur en stark doft av flygplansbränsle slår emot dem.

– Det luktar väldigt starkt här. Det bådar inte gott, säger Malte.

– Vågar vi gå in och titta? Du tror inte att det finns någon risk att det smäller? undrar Malin.

– Jag tror faktiskt inte att det är någon fara. Om det inte har smällt tidigare så lär det inte smälla nu heller.

När de fortsätter den sista biten fram så tvärstannar plötsligt Malin och tar sig för munnen.

– Titta där borta! Där ligger Ibrahim! Han som satt längst fram hos piloten, säger hon flämtande. Ibrahims kropp ligger tiotalet meter framför helikoptern. Kroppen ligger i en onormal ställning och Malte kan bara gissa hur trasig hans kropp måste vara.

– Fy fan. Stackars sate. Hoppas han fick en snabb död, säger han och skakar sakta på huvudet.

– Det tror jag nog. Han hann nog aldrig känna något innan han dog. Samma sak med piloten. De dog nog omedelbart vid kraschen.

– Jösses vad det stinker fotogen! säger Malin och håller för näsan. Malte går bort till Ibrahims kropp. Hur otäckt han än tycker det är, så behöver han sno den jacka som Ibrahim har på sig. Han undviker att se på det sargade ansiktet och fokuserar i stället bara på att få av jackan så fort som möjligt.

Sorry, kompis. Men jag behöver den här mer än du gör just nu. Bara en skaljacka, men bättre än ingenting. Hoppas du har det bättre där du är nu, vart det nu än är...

Likstelheten gör att det är svårt att få av jackan och Malte måste vända på kroppen för att få av den. Han försöker att inte fästa blicken på grabbens trasiga ansikte men det är oundvikligt. När han fått av grabben jackan känner han hur det börjar kännas konstigt i magen. Sekunden senare spyr han rakt ut. Han sneglar bort mot Malin för att se om hon märkte att han spydde, men hon verkar befinna sig på andra sidan helikopterkroppen. Malte torkar sig noga runt munnen och går bort till Malin och han möts av hennes bistra min.

– Det mesta verkar vara indränkt i bränsle. Kolla här, hela Pers ryggsäck stinker! utbrister hon besviket. Hon öppnar ryggsäcken och drar ut några strumpor ett par tunnare tröjor och två paket med frystorkad mat. Längst ner i ryggsäcken ligger en blå burk gasol och en kokkärlssats. Allt luktar fotogen men hon tar med sig maten, gasolen och kokkärlssaten.

– Kolla Malte! Per har mat med sig! Detta borde vi kunna använda.

– Äntligen lite tur. Bara det inte är hål på matpåsarna så borde vi kunna äta dem. Finns det inget annat vi kan ha nytta av? Var är maten som vi skulle ha på glaciären då?

– Det är nog det som ligger på stenarna där borta. Men regnet har förstört allt, säger Malin besviket. Malte går bort till platsen där piloten sitter. Pilotens keps ligger på golvet och han tar upp den och sätter den på sitt eget huvud. En snabb blick på Hans Richters kropp och Malte förstår att jackan som piloten har på sig inte skulle göra någon nytta. Efter tjugo minuter lunkar de sakta tillbaka upp till bivacken. De konstaterar besviket att det enda de fick med sig var en jacka, en keps och två påsar frystorkad mat. Halvvägs tillbaka stannar Malin till. Malte vänder sig om.

– Hur är det med dig?

– Jodå, jag behöver bara samla mig ett par minuter. Mitt blodsocker är nog inte som det ska just nu, svarar hon och gräver i innerfickan på jackan och tar fram en karta med medicin. Hela hennes kropp darrar lätt och hon känner sig svag. Hon tar fram en av de två tabletterna som är för hennes diabetes och delar på den och sväljer den. Den andra halvan stoppar hon tillbaka. De fortsätter vidare i blåsten och när de kommer in till de andra kan de konstatera att deras kläder är så gott som torra.

– Fick ni med er något? undrar Sven-Åke nyfiket. Per verkar inte göra någon större notis om deras återkomst.

– En jacka, en keps och frystorkad mat från Pers väska, säger Malte.

– Sover han igen? undrar Malin.

– Ja. Och han är ännu blåare om läpparna nu.

– Fan, det var inte bra. Han är nerkyld. Vi måste få upp hans kroppstemperatur nu. Han är den som har rört på sig minst så det är inte undra på att han är den som är mest nerkyld, säger Malte och sätter kepsen på Pers huvud och lägger Ibrahims jacka över honom.

– Sven-Åke, kan jag få din tröja igen så kan jag stå utanför med den en stund så den torkar snabbare? undrar Malin.

– Nejdå, det behövs inte. Den är inte så blöt längre. Men tack ändå, svarar han och ler artigt.

Ytterligare några timmar går. Sven-Åke har varit ute och kissat två gånger och Per har vaknat igen.

– Ska vi ta och se om vi kan få i gång det här kokkärlet? undrar Malte och ser på Per.

– Får jag se på det, säger han och sträcker sig efter brännaren.

– Helvete, det är trasigt. Regulatorn är avbruten, den kommer inte att funka, muttrar Per.

– Så det innebär att vi har två portioner frystorkad mat som vi inte kan använda? undrar Malte.

– Vi kan ju alltid försöka smälta snö i behållaren och sedan låta maten svälla lite, men det kommer aldrig riktigt bli mjukt som det blir när man kokar den, säger Per.

– Men det är väl bättre än ingenting?

– Absolut, vi börjar smälta vatten på en gång, säger Per men grimaserar illa när han gör en förhastad rörelse.

– Ligg still och vila du så löser vi detta, säger Malin och tar upp kokkärlet. Hon häller i en av påsarna i kärlet. De andra tar snö i sina händer och när snön börjar droppa låter de droppa falla ner i byttan. Hela processen tar lång tid och efter en timme har de fått i tre deciliter.

– Om vi kan vänta en halvtimme åtminstone så kanske det inte blir så hårt att tugga, säger Per.

Klockan blir tio på kvällen. Alla har fått knapra i sig av den ena påsen med frystorkad mat. Den norrländska kvällen är ljus och de har inga större bekymmer att se inuti snögrottan.

– Vad säger ni, ska vi försöka sova lite? undrar Sven-Åke som är kvällstrött av sig.

– Det borde vi kanske. Men vi måste försöka hålla värmen så mycket vi kan. Kylan är vår största fiende just nu, inte mat, även om vi är hungriga, säger Malte.

– Sven-Åke, du och jag kan ligga tätt intill varandra så kan Malte lägga sig intill Per, säger Malin.

– Ja så gör vi, säger Malte och flyttar sig närmare Per och kryper upp bakom hans rygg. Men han blir förvånad över Pers agerande.

– Vänta nu! Inget jävla bögavstånd om jag får be. Så jävla kallt är det inte! utbrister Per. Malte ryggar tillbaka av förvåning.

– Men vad menar du? Det är ju svinkallt och vi måste försöka hålla värmen genom att ligga tätt intill varandra? säger Malte och ser förvånat på Per, som ser nästan förnärmad ut.

– Okej då. Skulle väl vara för din skull då, grymtar han medan han försöker rätta till sin jacka. Malin och Sven-Åke ser förvånat på Per men säger ingenting. Med försiktiga rörelser kryper Malte intill Per och lägger sig till rätta för att kunna sova. Men det är svårt att sova av flera olika anledningar. Det är ljust i grottan, de är hungriga, blöta, skadade och framför allt väldigt frusna. Malin sneglar på

Sven-Åke som har knäppt sina händer. Hon blir nyfiken och kan inte låta bli att fråga.

– Får man fråga vad du ber om?

– Det får man. Det är väl ingenting att hymla om, jag kan väl lika gärna säga som det är. Jag kommer kanske ändå inte ur den här skiten levande. Tidigare idag när jag insåg att vi skulle krascha så minns jag att jag bad att om jag skulle överleva detta så önskade jag mig ett stort skadestånd från olycksfallsförsäkringen. Jag skäms över hur jag tänkte då. Nu ber jag om att min fru och mina barn ska få det bra om jag inte överlever detta.

– Det är väl inget att skämmas över. Det var väl kanske en sund reaktion. Men jag tror vi fixar det här Sven-Åke, säger Malin och klappar gubben på axeln. Han lägger sin kalla skrynkliga hand på hennes och klappar försiktigt.

– Det hoppas jag med, kära du.

– Så du är kristen alltså, i och med att du ber? undrar hon.

– Nej det är jag inte heller. Men man vet ju aldrig. En bön kan ju inte skada, säger Sven-Åke och ser fundersam ut.

– Är du det? säger han.

– Nej, inte alls faktiskt. Har jag inte bett till Gud hittills så behöver jag inte göra det nu heller, svarar Malin syrligt.

Vad var Gud någonstans när jag låg på golvet sönderslagen av Urban? Eller när han hällde flytande stearin på min hals en kväll som straff för att jag "tackat lite för vänligt" åt en kille som höll upp dörren åt mig i en affär. Var någonstans var Gud då? Inte hos mig i alla fall.

Per fryser så han skakar och Malte skulle vilja lägga sin hand över hans kropp för att ytterligare försöka värma honom, men med tanke på hans reaktion tidigare väljer han att avstå. Han spanar runt i den lilla grottan och funderar på om de kanske ska gräva ut lite i taket under morgondagen så de kan sitta upp raklånga. Medan blicken vandrar runt fastnar den till slut av någon anledning på Pers byxor och gör då en märklig upptäckt. Hela Malte rycker till av förvåning och Per märker detta. Blixtsnabbt vrider han huvudet mot Malte och deras ögon möts. Malte ser hur Pers ögon är fyllda med skräck nu, men säger ingenting. Per ligger blick stilla och ser till och med ut att hålla andan medan blicken är helt fokuserad på Malte. Malte flämtar till men yppar ingenting utan viker till slut undan blicken och lägger ner huvudet igen.

Vad i helvetes alla jävlar vad det jag såg nyss? Hade Per blåa stringtrosor på sig? Varför i hela friden har han det? Är... är han transvestit?! Så det var därför han var rädd att jag skulle ligga bredvid honom, ifall hans lilla hemlighet skulle avslöjas? Det kan man ju förstå. Fy fan, han var den sista jag skulle tro var transvestit. Men det är ju hans business, jag tänker inte säga något om det. Det har ju inte jag med att göra, alla är vi ju olika. Fan vad hans andning blev snabb nu. Han måste vara livrädd för att bli avslöjad.

Malte reser på huvudet igen och petar försiktigt på Per. Per rycker till och lyfter på huvudet.

– Du kan vara lugn, det här blir vår lilla hemlighet, viskar han och lägger sig sedan ner igen. Långsamt sjunker Pers andning igen till det normala och en timme senare sover alla fyra en lätt och orolig sömn ända till morgonen därpå.

Kapitel 16

Den förste som vaknar är Sven-Åke. Hans brutna arm dunkar kraftigt av värk och han har sovit dåligt. Nästan ingenting. Dessutom har han inte kunnat ta sin sömntablett som han alltid brukar göra om kvällarna. I normala fall är han uppe minst två gånger varje natt för att kissa men i natt har han inte behövt det då han knappt har fått i sig något annat än lite snö att dricka det senaste dygnet. Men nu behöver han lätta på trycket och det är ganska bråttom. Medan han stönar och stånkar för att komma upp på benen vaknar Malin. Hon känner på sin panna. Den är iskall och hon har huvudvärk. Fingrarna är iskalla trots att hon har stoppat in dem upp i jackärmarna.

– Vad är klockan? undrar hon.

– Halv sju, svarar Sven-Åke.

– Inte mer? suckar Malin. Sven-Åke krånglar sig ut från bivacken och kommer tillbaka ett par minuter senare. Jackan droppar av regn.

– Näe, regnar det nu igen? säger hon.

– Jo, dessutom blåser det fortfarande. Vi blir nog kvar här ett tag till dessvärre, mumlar han och sätter sig försiktigt ner igen bredvid Malin.

– Jag känner mig darrig och svag. Tror det är insulinet. Tror du jag behöver ta en tablett? frågar han Malin.

– Jag vet inte om det hjälper, men du kan få en halv tablett av mig. Vi har ju inte ätit något så ingen mat kan ju ha påverkat vårt blodsocker. Detta är faktiskt nytt för mig, så jag vet inte hur vi ska göra. Men att du känner dig darrig och svag kan ju bero på att du inte fått dina andra mediciner och kroppen kanske reagerar på det. Men jag är inte säker, säger Malin.

– Ja jag vet inte, men konstig känner jag mig. Och så blev jag ju blöt igen. Jädra skit, säger han och börjar försöka få av sig sin jacka igen. Malin hjälper honom försiktigt att lirka ur ärmen på jackan över den brutna armen. Malte börjar vakna till och sträcker på sig.

– God morgon Malte. Hur har du sovit? undrar Malin.

– God morgon på er. Jag har knappt sovit alls. Inte kan man vända på sig som man vill och jag har frusit ta mig fasen hela natten. Jag går ut och pinkar och sedan försöker jag röra på mig för att få upp värmen i kroppen, det här är ohållbart! säger han surt och reser på sig.

– Ta med dig paraplyet, det öser ner, skojar Sven-Åke men får inget gensvar. Medan Malte är ute börjar Per röra på sig. Han stönar och gör plågsamma grimaser. Malin kryper fram till honom och tar hans hand.

– God morgon Per. Har du kunnat sova något?

– Jag vet inte. Jag känner mig konstig. Fryser och svettas om vartannat.

– Inte undra på. Du är frusen, blöt och dessutom har du ett ben som är av. Och tyvärr har den trasiga benpipan stuckit hål i huden, så jag misstänker att du även har åkt på en infektion, suckar Malin.

– Fan också, fattades bara det. Skulle du kunna vända dig om lite? Jag måste kissa och jag klarar tyvärr inte av att gå ut och göra det.

– Javisst, absolut. Inga problem.

– Jag är jätteledsen alltså, säger Per och blir rödmosig i ansiktet.

– Herregud Per, det är ingen fara. Du måste ju kissa, säger Malin som är fullt förstående. Per gräver en grop med handen och uträttar sedan sitt behov. Han känner sig djupt generad över sitt beteende, men har inget annat val just nu. Malte kommer in igen och skyfflar upp snö över det mesta av ingången för att inte släppa ut onödig värme.

– Hej Per, har du vaknat? säger han och sätter sig ner medan hans blöta jacka droppar.

– Morgon, suckar Per och undviker ögonkontakt. Han tänker på vad som hände i går kväll och han funderar på om Malte har skvallrat för de andra eller inte.

Det händer inte särskilt mycket under följande förmiddag. Regnet och de hårda vindarna fortsätter utanför bivacken och de förstår att ingen räddning är på gång så länge busvädret fortgår. Sven-Åke är ovanligt tyst och sitter och skriver i sin mobil som fortfarande har batteri kvar. Malte låter nyfikenheten ta över och frågar till slut vad han gör.

– Vad skriver du för något, Sven-Åke?

Gubben tar en djup suck och verkar dra på svaret. Malte ser att hans ögon blir blanka och för ett ögonblick ångrar han att han frågade.

– Jag har en sak som jag tänker berätta för er nu. Jag hade inte tänkt säga någonting, men jag känner att i det här läget så kvittar det.

Kapitel 17

Alla sitter knäpptysta och väntar på vad Sven-Åke har att säga.

– Ni vet att jag är sextioåtta år och äter en drös med mediciner. Jag har dessutom en bruten arm, yrsel och jag går upp och pissar två gånger varje natt, så det är inte mycket med gubben längre. Men vad ni inte vet är att jag dessutom har en hjärntumör som sitter strax bakom vänster öga. Den är elakartad och växer hela tiden säger doktorerna. Enligt dem har jag bara några få månader kvar att leva. I bästa fall. Och jag är inte dummare än att jag fattar att det kan ta slut redan nu, här uppe i den här jäkla snögrottan, fortsätter Sven-Åke. Malin flyttar sig lite närmare och lägger sin arm om honom.

– Så därför tänkte jag skriva ner några rader till dem där hemma, ifall jag inte överlever det här lilla äventyret. Jag har tagit bort skärmlåset så det är bara att trycka på sidan så kommer man in i mobilen. Om jag… om jag inte överlever så hoppas jag att kanske någon av er har vänligheten att visa min fru Gunilla vad jag har skrivit? undrar han och ser försynt på dem.

– Självklart löser vi det. Men det kommer inte behövas, för vi ska ta oss hem allihop, hör du det? säger Malin och spänner ögonen i Sven-Åke.

101

– Jaja, vi får väl se det, suckar han och lutar sig tillbaka mot snöväggen. Det går ett par timmar. Sven-Åke fortsätter att skriva då och då i sitt avskedsbrev i mobilen, tyst för sig själv. Stundtals grimaserar han illa när han råkar röra för mycket på sin brutna arm. Det blir förmiddag. Plötsligt bryts tystnaden av Per.

– Förlåt Malte!

– För vaddå?

– Din axel är ju ur led...

– Ja, jag vet. Vad menar du, undrar Malte nyfiket.

– Alltså, jag har haft så jävla ont i benet och varit mer eller mindre borta i skallen så jag har inte kunnat tänka ordentligt. Egentligen ska man dra rätt en axel så fort som möjligt efter att det har hänt och jag vet hur man gör för att dra rätt den.

– Okej? Så du menar att du kan dra rätt axeln på mig?

– Nja, jag tror det är bättre om Malin gör det på dig medan jag förklarar hur man gör. Skulle du vilja att vi testar? frågar Per.

– Ja. Jovisst kan vi det.

– Okej, men jag ska inte sticka under stol med att det kommer att göra jävligt ont nu när du inte har fått någon bedövning, fortsätter Per. Malte ser ut att tveka och funderar några sekunder.

– Vad fan, vi kör. Allt är redan åt helvete så det kan lika gärna bli ännu mer elände. Vi tar allt skit på en gång!

– Då frågar jag dig Malin. Är du beredd att utföra detta på Malte?

– Om Malte är med på detta så ställer jag upp, säger hon och ser på Malte som nickar sakta.

– Okej, men då måste du göra exakt som jag säger för vi har bara en chans på oss.

– Varför bara en chans? undrar Malte.

– Därför att det gör så jävla ont att du absolut inte vill göra om det igen, flinar Per. Malin ser oroligt på Malte.

– Jag litar på dig, Malin.

– Säkert?

– Jag är säker. Om du bara gör som Per säger så löser du detta, det vet jag.

– Okej.

Shit, vad har jag nu gett mig in på? Ska verkligen en tjej som inte har någon som helst erfarenhet av sådant här kunna dra rätt axeln på mig? Per säger att det kommer göra väldigt ont och det tvivlar jag inte ett dugg på. Men allt är ju redan jävligt som det är, så varför inte plågas lite till? Vad har hänt med mig de senaste dagarna egentligen? Jag känner ju inte igen mig själv ens. Jag som alltid är van att aldrig säga emot och alltid göra andra till lags, nu har jag troligtvis varit med och räddat livet på Per och alldeles strax kommer jag få axeln tillrättad utan bedövning. Är det rädslan som gör mig stark och modig? Har jag varit alldeles för mesig hemma på kollektivet? Kanske borde jag säga ifrån mer än vad jag gjort? Jag har nog låtit Marie styra och ställa lite för mycket med mig där hemma. Hon har utnyttjat min snällhet lite för mycket, jag börjar inse det nu. Snälla, rara Malin, hoppas du lyckas på första försöket med min axel nu, annars blir det jobbiga timmar framför mig.

– Bra, börja med att du sätter dig upp. Malin, du ställer dig bakom Malte och tar tag i armen precis där, instruerar Per.

Efter noggranna instruktioner håller Malin nu i Maltes arm på precis rätta stället.

– Nu är det väldigt viktigt att du slappnar av, för gör du inte det så har Malin inte en chans att dra axeln rätt igen, förstår du?

– Jag förstår, jag är så avslappnad som jag bara kan bli, säger Malte och ser nervös ut.

– Malin, nu vill jag att du med ett hårt ryck i den här riktningen drar till i armen så kommer den ploppa tillbaka på plats. Malte, du tittar däråt och bryr dig inte om vad Malin gör. Jag räknar långsamt till tre så drar du, Malin.

Per gestikulerar tyst åt Malin att dra på "två" för att inte Malte ska kunna spänna sig. Per räknar ner och på "två" drar Malin hårt enligt Pers instruktion. Malte flämtar till högt.

– Va fan, du skulle ju dra på "tre"? utbrister han nästan surt. Men både Malin och Per bara flinar åt honom.

– Jag hörde ploppet! säger Per.

– Det kom väl inget plopp? Jag hörde inget?

– Jag hörde allt ett plopp, säger Sven-Åke och flinar.

– Kan du böja ner armen helt nu? Kan du göra så här med armen? säger Per och viftar med sin arm.

– Öh, ja. Ja, det kan jag faktiskt! säger Malte och ler stort.

– Jättebra. Men du kommer nog vara öm tills i morgon skulle jag tro. Och dina ledband kommer kanske aldrig bli helt bra. De är ganska uttänjda nu och har varit så ända sedan igår, vilket är lite för lång tid egentligen.

– Äh, det löser sig. Tack så hemskt mycket! Fan vad gött att kunna röra på armen ordentligt igen, säger Malte glatt och rör försiktigt på den upp och ner.

– Malin, tack så hemskt mycket för din hjälp. Utan dig så… så hade det inte gått, säger Malte och kramar oväntat om Malin.

– Det var så lite. Det är Pers förtjänst, han visste exakt hur man skulle göra.

– Vi gjorde det tillsammans, ler Per.

Kapitel 18

Det går några timmar och det blir eftermiddag. Oftast är det tyst i grottan. Ibland hör man hur Per skakar tänder av kyla och Malin börjar bli riktigt orolig för honom. Hans läppar är blå och ansiktet blekt och hela Pers kropp skakar emellanåt av nerkylning.

Hur länge till ska han överleva detta? Visserligen är han säkert en riktig tuffing som är van att klara av att utsätta sin kropp för stora påfrestningar men ingen klarar att vara nerkyld hur länge som helst. Dessutom tror jag hans brutna ben har gjort så han har fått en infektion i kroppen och då är det allvarligt. Vi måste få upp värmen i hans kropp på något sätt. Kommer det att komma någon hjälp till oss någon gång? Eller är det vi som måste själva ta oss härifrån? I så fall kommer inte alla vi att överleva, så enkelt det bara. Jag och Malte skulle nog kunna klara av att gå en bit, men gubben lär sinka oss alldeles för mycket. Och Per kan vi aldrig få med oss. Nä, vi kan bara sitta här och vänta på att regnet och blåsten lättar så de kan skicka hjälp till oss. Undra hur tankarna går just nu hos räddningstjänsten. De lär ju ha fattat att det hänt något med helikoptern, men undra om de kan spåra den?

Malte ligger ner och har hasat sig upp på armbågarna. Han synar den lilla grottan de sitter i.

Jag tycker det ser ut som att grottan har sjunkit ihop lite. Visst fan var det högre till tak i går morse? Man skulle ju kunna gräva ut lite grann i taket så det inte känns så instängt här. Då kanske det även blir bättre med syre här inne också? Eller påverkar det värmen negativt här inne då? Och det vore ju bra om man kunde resa sig upp och stå raklång här inne så man kan sträcka på sig emellanåt, så man inte behöver gå ut varje gång man blir för stel i kroppen. Regnar det inte lite mindre nu? Jag hör inget regn.

Han reser på sig och tittar ut genom den lilla öppningen och ser att regnet har övergått till stora snöflingor. Besviket sätter han sig ner igen. Malin ser undrande på honom.

– Det snöar...

– Jädra skit, suckar Malin. Per har somnat och sover en orolig dröm. Plötsligt vaknar han och andas kraftigt.

– Drömde du en mardröm? undrar Malin. Per nickar.

Han ser svag ut nu. svagare än någonsin. Hur länge till ska den stackaren orka kämpa?

– M-Malin?

– Ja Per?

– Mitt ben. Hur ser det ut? Är det infekterat omkring benpipan? undrar han och ser orolig ut.

– Jag har inte tittat efter så noga, säger hon avvaktande. Hon har svårt för att se blod och brukade alltid svimma förr när hon var mindre och tog blodprov i skolan. Malte ser på Malin och förstår varför hon tvekar. Han hasar fram till Per och lyfter bort en bit av det uppfläkta byxbenet. Detta är första gången han ser ett riktigt människoskelett och aldrig tidigare har han sett ett sådant här allvarligt sår förut.

– Jag vet inte riktigt vad jag ska förvänta mig, men det har börjat vara runtomkring där benet sticker ut. Det varar en hel del och det luktar inte så gott heller, säger Malte

106

allvarligt. Det börjar kännas konstigt i magen och han förstår att han är på väg att kräkas men försöker tänka på annat. Per ser ut att analysera vad Malte nyss sa och stirrar upp i taket på snögrottan.

– Jag behöver nog få hjälp inom fyrtioåtta timmar, annars är det nog kört för min del, flämtar Per.

– Säg inte så! Hjälper är säkert redan på väg, försöker Malte trösta. Men Per fattar att läget med honom är mycket allvarligt.

Hur fan ska detta sluta? Om jag inte dör av kyla så lär jag dö av en infektion. Kombinationen av nerkylning och infektionen i benet gör att mina odds för att överleva inte är så stora, det kan ju vem som helst räkna ut. Jag måste ha hjälp snabbt. Jävligt snabbt, om jag ska överleva. Men ingen hjälp är på väg så länge ovädret håller i sig. Undra vad min kroppstemperatur är nu? Trettiofem grader? Trettiofyra? Jag har inte känt mina tår sedan i går någon gång. Om ändå Alfred vore här! Var det verkligen sista gången jag såg honom när jag tittade in i hans rum och såg när han sov härom morgonen? Min älskade lille pojk. Det är så mycket jag vill berätta för dig. Men jag vet inte om jag vågar berätta sanningen för dig. Käre, gode Gud om du nu finns, snälla låt mig få träffa min son igen! Jag behöver honom och han behöver mig.

Det blir eftermiddag och det har nu gått trettio timmar sedan helikoptern kraschade. Sven-Åke har somnat men vaknar när Per börjar prata.

– Jag... jag har någonting jag skulle vilja berätta för er, säger han och kravlar sig upp på sina armbågar. Sven-Åke sätter sig upp och ser nyfiket på Per.

– Du Sven-Åke berättade ju för oss i förmiddags lite om hur det står till med dig och nu tänkte jag att det är min tur. Jag har också något som jag skulle vilja berätta om. Jag är i så pass dåligt skick att jag är inte alls säker på att jag kommer härifrån levande. Så därför är det väl kanske lika bra att lätta sitt hjärta nu, säger Per sammanbitet. Malin lägger sin hand på hans iskalla hand och kramar den hårt.

– Vi finns här för dig Per. Om det är något som tynger dig så gör du rätt i att säga det nu. En tår faller ner för hans kind. Han torkar bort den snabbt och fortsätter prata.

– Jag tror att Malte har en aning om vad jag kommer att berätta, för han såg något igår som inte var meningen att han skulle se. Det är nämligen på det här viset att…. att jag… tycker om att klä mig i kvinnokläder, säger Per sammanbitet. Sven-Åke rycker till.

– Vad i helvete säger du? Kvinnokläder? Använder du damtrosor, pojk? Sitter du ner när du pissar också, hehe! säger han glatt och flinar. Han tror att Per försöker skämta med dem för att lätta upp stämningen, men misstar sig. Malin blänger på honom surt och ser ut att vara nära att ge honom en örfil.

– Håll tyst med dig! Låt Per prata färdigt! snäser hon.

– Känner vi verkligen varandra så pass bra att vi ska dela våra toalettvanor? säger Per lågmält. Sven-Åkes kinder blir röda och han tittar ner i marken och blir tyst. Per fortsätter.

– Hela mitt liv är en enda stor lögn. Jag är gift med en kvinna som jag inte tänder på och jag har ett macho-jobb som jag egentligen inte tycker om. Jag har en sportbil som jag bara har för att imponera. Dessutom brukar jag låna frugans smink ibland när jag är själv hemma. I går kväll så upptäckte Malte av en slump att jag hade trosor på mig. Och anledningen till att jag inte har tagit av mig min t-shirt är att ni i så fall skulle ha sett att jag har en BH på mig. Jag ljög när jag sa att min t-shirt var torr. Den är dyngsur och jag borde ha tagit av mig den för länge sedan så den kunde fått torka. Men om jag gjort det så hade jag avslöjat min hemlighet. Tack Malte för att du inte sa något till de andra!

– Skulle aldrig skvallra en sådan grej, säger Malte och ler vänligt.

– Jag vet att jag är sjuk i huvudet, men det är så jag är. Jag håller fasaden uppe för att bli accepterad av mina föräldrar och vänner. Och inte minst för min grabb där hemma. Min son skulle aldrig acceptera mig om jag kom ut som transvestit. Jag hatar min kropp och hur jag ser ut, men det är så här jag är och jag vet inte hur jag kan ändra på mig...

– Men varför skulle du ändra på dig? Du duger alldeles utmärkt precis som du är och du är inte alls sjuk i huvudet! säger Malin. Men Per skakar på huvudet.

– Min fru Linn vet ingenting om detta och inte ska hon få veta något heller. Jag tycker om henne jättemycket som kompis men jag tänder inte på henne. Jag behöver leva ett vanligt Svensson-liv för att bli accepterad i samhället. Vilket jag nu också gör och det är viktigt för min son Alfreds skull. Han måste få tro att vi är en helt normal Svensson-familj, annars skulle han bli utfryst och mobbad i skolan. Tänk er att komma ut som transvestit i bakåtsträvande Boden där det är en sådan macho-kultur! Allt ska vara enligt standardnormen annars är du konstig. Männen ska jaga eller fiska som hobby, annars tittar folk snett på dig... Du ska äga minst en scooter och du ska veta hur man mekar med den, annars är du en fjolla. Man hör ju snacket från de andra på jobbet. Men jag har behov av att få klä mig i kvinnokläder ibland för att inte gå sönder alldeles på insidan, fortsätter Per och torkar ännu ett par tårar.

– Finns... finns det ingen som du har berättat detta för? undrar Malte, men Per skakar bara på huvudet.

– Hur länge har du känt att du är transvestit? undrar Malte.

– Jag kände att jag var annorlunda redan i tonåren. Men jag fattade inte riktigt först vad som var fel. Men sedan började jag läsa i böcker om vad transvestit är för något och då kände jag igen mig i vad som stod och då började jag fatta att jag själv var en transvestit. Men jag hade svårt att acceptera mig själv och försökte tränga undan de tankarna, men det gick inte. Jag tänkte att det kanske är någonting tillfälligt som jag har fått för mig bara, men så var det inte. Men jag har alltid velat ha barn så jag såg till att gifta mig och det dröjde inte länge efter giftermålet tills Alfred kom till världen. Den grabben är verkligen mitt allt... Det är han som gör livet värt att leva. Men han kan aldrig få veta min hemlighet, det skulle förstöra honom för resten av livet.

– Är du helt säker på det? Visst skulle han älska dig för den du är, oavsett läggning? undrar Malin. Per skakar på huvudet.

– Alfred är en av de populära grabbarna i skolan och mycket beror nog på att han tränar hockey och har en cool farsa som är militär och som åker runt i en Ford Mustang. Dessutom är han väldigt känslig och jag vet att han tycker om den pappan som han känner till, den som kommer hem från jobbet i militärkläder, tar med honom på raggarturer med Mustangen och åker scooter med honom om vintrarna. Han skulle aldrig acceptera mig om jag berättade att jag föredrar röda tånaglar och stringtrosor framför militärkängor och mullrande V8– motorer, fortsätter Per och tittar ner i backen. Det blir tyst några sekunder.

– Jag tycker det är fint av dig att du berättar detta. Och jag tror att jag pratar för alla här inne när jag säger att vi skiter fullständigt i vad du har för underkläder på dig, säger Malte och ger Per ett par klappar på axeln. Sven-Åke harklar sig.

– Du Per, jag ber om ursäkt för vad jag sa innan. Det bara slank ur mig, men jag är inte så van vid sådant här. Jag tillhör ju den äldre generationen du vet, säger Sven-Åke.

– Det är okej Sven-Åke säger Per, även om de nedvärderande orden fortfarande ekar i huvudet på honom.

– Jag måste säga att... att det var skönt att äntligen få säga de orden jag burit inom mig under så många år. Tack för att ni är så förstående och för att ni har lyssnat, säger Per och ler försynt.

Eftermiddagen flyter på. Alla är otroligt hungriga och svaga. De äter snö när de är törstiga och går ut och kissar när de behöver. Utanför faller snön obönhörligen och räddningen tycks vara långt borta.

Kapitel 19

Ytterligare ett par timmar flyter på. Sven-Åke grämer sig fortfarande över hur klumpigt han betedde sig mot Per tidigare, men han har svårt att förstå vad man kan man kan få ut av att klä sig i damunderkläder. Mobilen som han hållit krampaktigt i under de senaste timmarna stoppar han ner i byxfickan och börjar försöka ta av sig sin jacka.

– Vad gör du? undrar Malin.

– Jag tänker ge min undertröja till Per. Han behöver den mer än jag gör just nu. Per, du måste ta av dig din fuktiga t-shirt nu så den får torka. Malin, var snäll och hjälp mig att få av mig min jacka och undertröja, säger Sven-Åke.

– Ja Per, nu måste du få av dig din blöta t-shirt säger Malte och Per nickar. Han sätter sig upp och sträcker bak sina händer bakom ryggen och knäpper av sig sin BH som han sedan trycker ner i byxfickan. De andra tittar åt ett annat håll för att inte genera honom allt för mycket.

– Är du säker på att jag kan låna din tröja? undrar Per.

– Helt säker. Jag fryser knappt ingenting, ljuger Sven-Åke. Malte vrider ur det blöta ur Pers t-shirt så mycket det går men det blir inte många droppar. Sedan ger han den till Sven-Åke som tar på sig den kalla t-shirten.

– Tack som fan Sven-Åke, huttrar Per och nickar tacksamt mot gubben. Det börjar bli kväll. Maltes mage börjar ömma igen. Han känner på den försiktigt och han tror att det är någonting med njurarna. Allt sedan kraschen har han haft blodfärgad urin och han börjar bli orolig att han också ska få en infektion i kroppen på grund av inre blödningar. Sakta men säkert minskar Pers skakningar men läpparna fortsätter att vara blå och ansiktet blekt. De säger god natt och försöker sova.

Morgonen därpå vaknar Malte och Per av att Malin skriker.

– Vad är det? undrar Malte yrvaket.

– Jag tror att Sven-Åke är död! säger hon förskräckt. Hennes ögon är uppspärrade och hon flämtar kraftigt. Malte reser sig hastigt och hasar sig fram till gubben och känner på hans puls vid halsen. Men han behöver inte vänta på att känna hans hjärtslag. Han ser direkt att Sven-Åke är vit i ansiktet och halsen är iskall. Men han låter fingrarna vara kvar ändå på halsen men konstaterar snabbt att han inte kan känna någon puls. För säkerhets skull böjer han ner örat framför Sven-Åkes mun men kan inte vare sig känna eller höra några som helst tecken till andetag. Han vänder sig mot Malin och skakar på huvudet och hon faller i gråt.

– Fan också. Stackars gamle man. Kylan hann ta honom innan cancern, säger Per. Malte ser på Sven-Åke.

Han ser ut att sova. Han ser fridfull ut. Hoppas han dog utan smärtor. Jag tror han gjorde det i alla fall. Så stort av honom att ge sin tröja till Per i går kväll. Han sa att han inte frös men det måste han ha gjort trots allt. Vi har en död kropp här inne i bivacken nu, hur fasen gör vi med den?

– Jag har aldrig sett en död människa förut, säger Malin och gråter.

113

– Jag var med när farmor dog när jag var liten. Jag satt med i rummet när hon gick bort. Mamma höll henne i handen när hon tog sina sista andetag. En lång utandning och sedan blev det tyst. På en gång sjönk ansiktet ihop på något vis. Det är minnen som sitter fastetsade på näthinnan fast jag helst vill glömma dem, säger Malte.

– Jag tycker vi håller en tyst minut för Sven-Åke, säger Per. De böjer sina huvuden och är tysta en stund. Ingen av dem känner honom särskilt väl men hann ändå få uppfattningen av att det var en ganska go gubbe som ville göra någonting kul i slutskedet av sitt liv. Tyvärr blev det inte riktigt som han tänkt sig. Det går en halvtimme utan att någon vet hur de ska agera i den märkliga situationen.

– Hur gör vi med kroppen? undrar till slut Malte och ser på de andra.

– Jag tycker det är obehagligt att sitta här bredvid någon som är död, säger Malin som sitter upp med hopdragna knän.

– Jag vill inte låta för burdus men Per behöver hans kläder bättre än Sven-Åke just nu, säger Malte.

– Vi kan inte ta av honom kläderna, det är respektlöst! säger Malin med hög ton och ser ängsligt på de andra om vartannat.

– Hans jacka passar ändå inte mig, säger Per lågmält.

– Är alla med på att vi bär ut honom och lägger honom utanför bivacken? undrar Malte. De andra nickar instämmande.

– Då så. Malin, hjälper du mig? Tror inte jag kan få ut honom själv, säger Malte och börjar ta bort snön från öppningen. Hon svarar inte utan nickar bara nervöst. Hon börjar bli uttorkad och skulle behöva äta mer snö. Läpparna har börjat spricka och hon känner sig svag. Malte

114

går ut och ställer sig utanför öppningen och sträcker sig för att ta tag i gubbens ben. Malin ser nervös ut och vet inte riktigt vad hon ska göra. Malte börjar dra i hans ben och när Malin försöker få grepp om Sven-Åkes armar så får hon panik.

– Nä, jag kan inte! Jag kan inte! skriker hon. Både Per och Malte har full förståelse för detta. Malte säger inget utan börjar dra ut Sven-Åke själv genom öppningen. Malin vänder bort blicken och gråter. Det hela är över på fem minuter och strax är Malte tillbaka inne i bivacken igen.

– Jag tog med hans mobil och plånbok in, säger han och sätter sig ner igen. Han borstar av sig snön från sina kläder och drar en djup suck och undrar tyst för sig själv vem av dem som står näst på tur. Hans mage värker ännu mer nu sedan han var tvungen att dra ur Sven-Åkes kropp från bivacken. Smärtan börjar bli olidlig och han är orolig för vad det är som gör så ont.

Klockan blir ett. Malin börjar frysa allt mer. Hungern kommer och går och när den är som värst så är det som knivar som vänder sig i magen på honom. Hon är törstig och äter snö men det verkar hjälpa dåligt.

Vid det här laget skulle jag ha varit hemma hos Cissi nu. Jag skulle ha ställt in mina saker i hennes gästrum och vi kanske skulle åkt ner till byn och handlat. Kanske tagit en fika. Hon måste undra vad som har hänt med mig. Tror hon att jag fegade ur och stannade kvar hos Urban trots allt? Och mamma då! Vi som pratar med varandra varje dag, stackars lilla mamma. Vad orolig hon måste vara nu! Undra om det står något i tidningarna om olyckan? Det borde det väl ändå göra? Tänk om Urban misstänker att jag är med i olyckan? Det tror jag väl ändå inte. Hoppas han är riktigt jävla arg där hemma nu. Den jäveln. Han

115

har slagit mig för sista gången! Ingen man ska någonsin slå mig igen, aldrig!

– Jag har tänkt på en sak, säger Malte och avbryter Malins djupa tankar.

– Vad då? undrar hon.

– Vi är bara tre kvar nu och vi blir i allt sämre skick. Vi har inte ätit på länge och vi är skadade. Pers infektion börjar bli allvarlig och han är den som är mest nerkyld av oss. Det här håller inte, vi måste göra något.

– Vad tänker du på då? undrar Per som har börjat sluddra när han pratar.

– Jag är faktiskt helt övertygad om att vi kommer att bli hittade, det är bara en tidsfråga. Men grejen är att vi inte kommer att överleva här inne så länge till om vi inte får upp vår kroppstemperatur, fortsätter Malte.

– Jag tycker vi går tillbaka till helikoptern och tar av piloten och Ibrahims kläder och tar hit dem. Vi och särskilt Per behöver ha mer kläder på sig om vi ska överleva, annars kan vi nog börja räkna ner timmarna tills vi dör av kyla, säger Malte och ser på de andra.

– Jag har sett den där filmen om flygplanet som störtade i Anderna, och jag tänker INTE äta av en annan människa! säger Malin bestämt.

– Det är inte det jag säger. Jag tror att vi blir hittade inom två, max fyra dagar och vi klarar oss utan mat till dess, så länge vi bara får i oss vatten. Men jag tror risken är stor att vi hinner frysa ihjäl innan dess om vi inte får på oss mer kläder.

Malin sneglar på Per och kryper sedan fram till Malte.

– Du har nog rätt, Per börjar se riktigt dålig ut. Jag skulle kunna sätta mig bakom honom och dra min jacka över honom så han får upp kroppsvärmen, så kanske du kan gå ner till vraket och försöka fixa kläderna själv?

– Ja. Jag löser nog det själv. Bra idé med det där om kroppsvärmen. Hans rygg har varit blöt och iskall alldeles för länge nu. Det är lika bra att jag går med en gång, vi har ingen tid att förlora. Vi blir ju svagare för varje timme som går, säger Malte och reser på sin stela och sargade kropp.

– Var försiktig nu! säger Malin oroligt när Malte täpper igen öppningen efter sig. Malin ser sin nyfunne vän försvinna ner mot olycksplatsen. Hon konstaterar att det inte längre regnar men att blåsten återigen har tilltagit.

Kapitel 20

Malte stoppar upp händerna i jackärmarna så långt han kan medan han skyndar ner mot helikoptern. Fingrarna är så kalla att han knappt kan röra dem. Innan värkte de av smärta men nu känner han inte så mycket längre. *Jag skulle ha hört av mig hem till Marie för länge sedan. Hon är säkert arg på mig. Hon kanske har fått reda på att jag inte alls är och vandrar utan är med på helikoptern som störtade. Men vad fan ska jag göra? Hon får väl bli sur då. Det går väl över. Bara hon inte ställer till med en scen när jag kommer hem och skäller ut mig inför de andra. Jag borde kanske ha berättat för henne som det var, att jag skulle flyga helikopter. Men då hade hon aldrig släppt i väg mig. En helikopter som släpper ut massa avgaser. Än sen då? Så himla farligt är det väl ändå inte? Hennes miljötänk är lite överdrivet ibland. Nåja, jag får släppa tanken på henne nu och försöka få tag på lite kläder. Med facit i hand så borde vi tagit så mycket kläder vi kunde första gången Malin och jag var här. Men det är lätt att vara efterklok. De lär vara genomblöta nu, men om vi bara kan vrida ur dem så mycket vi kan så kanske de blir någorlunda torra tills i morgon? Jag kan ta på mig ett par blöta plagg så kan Per få mina som jag har på mig nu, så byter vi igen i morgon.* Under tiden har Malin tagit av sig om överkroppen, även sin fuktiga BH. Hon har hjälpt Per att sätta sig upp och sedan har hon satt sig bakom Per, tagit av honom om överkroppen och lutat honom tillbaka. Sedan har hon lagt sin t-shirt bakom sig och lagt sin jacka över dem båda. Hon smeker hans iskalla händer för att försöka få upp blodcirkulationen. Hennes händer är kalla de med och hon känner att det knappt gör någon nytta. Per verkar knappt vara medveten om vad som händer. Han sluddrar och yrar emellanåt men hon kan inte uppfatta vad han säger. En halvtimme senare tycker hon sig känna att det hon gör ger effekt.

En stund senare kommer Malte tillbaka. Med sig under armen har han pilotens t-shirt, byxor och strumpor och Ibrahims byxor och strumpor. Han blir först generad när han ser Malins nakna kropp som är tätt tryckt mot Pers. Hennes kropp är liten och nätt och han ser att brösten verkar vara ganska stora. Malin säger inget när han kommer in men ser nöjd ut att han har med sig flera klädesplagg.

– Hur är det med honom? undrar Malte och ser på Per.

– Det är väl inte sämre i alla fall. Det gör mer än vad man kan tro att behålla kroppsvärmen på det här viset. Vad fint att du lyckades få med dig mer kläder, det behöver vi verkligen, säger Malin.

– Vad säger du Malin, ska vi äta lite mer av den frystorkade maten?

– Ja det tycker jag. Så kan vi ta ett par Ahlgrens bilar som efterrätt, skämtar hon. Malte smälter snö med händerna och blandar i lite av den frystorkade maten. En stund senare ser maten ut att ha svällt lite grann och tillräckligt mycket för att de ska kunna äta av den.

– Ska vi väcka Per och försöka få i honom mat eller ska vi låta honom sova?

119

– Jag tycker vi låter honom sova ett tag till. Han känns lugnare nu när han fick lite kroppsvärme av mig, säger Malin. Hon sitter kvar bakom Per medan Malte matar henne med lite av den frystorkade maten. När de har ätit försöker Malte vrida ur så mycket vatten som möjligt från plaggen, sedan skakar han dem så att ytterligare några gram vatten försvinner. Malin ser på honom med beundran.

– Jag måste säga att du är helt otrolig. Det du gjorde igår med att bära upp Per hit, var helt otroligt gjort. Med en axel ur led dessutom. Och på sättet du lyckades lyfta ur hans tunga kropp ur helikoptern! Jag fattar inte var du fick krafterna ifrån. Plus att du har gått fram och tillbaka till vraket i busvädret, du är helt grym, säger Malin och ler.

– Man verkar klara av mer än man tror, säger Malte och rodnar.

– Om du vill så kan du sätta dig bakom mig och lägga ett par tröjor mellan oss, så kanske de torkar snabbare? undrar Malin.

– Ja det kan jag göra. Måste bara gräva bort lite snö först så jag får plats.

Han gräver snabbt bort snö från väggen bakom Malin och tar sedan av sig på överkroppen, lägger kläderna bakom sig och lägger de blöta kläderna mellan sig och Malin och lutar sig fram mot henne. Han blir osäker på om han vågar hålla i Malin utan att hon tar illa upp och väljer först att lägga händerna på sidan.

– Det blir nog bättre om du trycker dig närmare emot mig, säger hon och lyfter upp hans händer och sätter dem runt sin mage. Trots all misär, smärta, kyla och elände så pirrar det ändå till i Maltes mage av att vara så nära Malin. Så nära en annan kvinna än Marie har han inte varit sedan någon skoldans i skolan, erinrar han sig. De sitter stilla en bra stund och låter bara tiden gå.

– Du Malin?

– Ja.

– Du sa något häromdagen att detta inte var någon äventyrsresa för dig utan snarare en flyktväg. Jag antar att det är din pojkvän som har gett dig den där blåtiran? Frågan kom plötsligt och det förvånade Malin. Men Maltes vänliga och aningen sävliga röst gör att hon ändå känner att hon vågar öppna sig för honom.

– Ja, tyvärr. Det här var aldrig tänkt att vara någon äventyrsresa för min del.

– Kan du inte berätta lite om vad du hade tänkt ta vägen?

– Ja, det kan jag väl. Piloten skulle skjutsa mig vidare när han hade släppt av er andra på glaciären var det tänkt. Jag mutade honom med tjugofem tusen. Han skulle köra mig in till Norge till en liten by som heter Elvegård och där skulle min väninna vänta på mig.

– Det var som fan!

– Mitt förhållande med Urban har varit stormigt länge och jag borde ha lämnat honom för länge sedan, men häromkvällen fick jag nog. Efter att han slagit mig i ansiktet och sparkat mig när jag låg ner, bestämde jag mig. Jag väntade tills han hade somnat, sedan tog jag mina grejer och smög i väg mitt i natten.

– Så din kille vet inte alls vart du är då? undrar Malte.

– Jag hoppas inte det. Men det skulle inte förvåna mig om han på något vis har lyckats spåra mig till Kiruna Airport åtminstone. Han är skicklig så det är inte alls omöjligt. Jag skulle ha kunnat ta bilen ända till Norge men jag är ganska säker på att Urban hade lyckats spåra mig då. Han hade hittat mig och med våld tagit med mig tillbaka hem till

Boden, tveklöst. Jag vågade inte chansa så därför valde jag den här helikopterfärden för att försöka avleda honom. Han jobbar som befäl i Boden, precis som Per. Jag har inte ens vågat säga något till min mamma om vart jag tänkte åka, ifall Urban skulle försöka pressa mamma på svar. Det skulle inte förvåna mig om Urban gjorde det. Han är farlig när han blir arg och kan ta sig till med precis vad som helst.

– Fy fan, det låter som en otäck typ.

– Mmm. Jag fattar inte att jag har stannat kvar hos honom så pass länge som jag ändå gjort. Men på något sätt så tänker man ändå att han kanske ska bättra sig. Man ger förhållandet en chans till. Och sedan en till. Men jag har också stannat kvar på grund av rädsla. För vad han skulle ta sig till om jag hade sagt att jag ville lämna honom. Men den här gången kände jag att jag var tvungen.

– Tänk om Per vet vem din kille är?

– Ja det är inte alls omöjligt. Men usch, nu vill jag inte prata mer om honom. Kan inte du berätta lite mer om dig själv?

– Ja det kan jag väl. Vad vill du veta?

– Allt! Jag vet ju bara att du bor utanför Vilhelmina på ett kollektiv. Har du tjej, till exempel? undrar Malin och vänder sig om lite och försöker få ögonkontakt men lyckas inte.

– Jag kan väl säga att jag är trettio år. Bor precis som du säger på ett kollektiv och har en tjej där. Marie heter hon. Jag har bott på kollektivet sedan tjugoårsåldern. Har inget riktigt jobb, utan arbetar på gården där. En gång i tiden så jobbade jag som bilmekaniker innan jag flyttade till kollektivet. Jag heter egentligen inte Vinbladh i efternamn, utan Pettersson.

– Jaha? Men Vinbladh är ju faktiskt finare om jag ska vara ärlig, säger Malin.

– Ja, jo det är möjligt.

– Du låter inte övertygad? Det är väl ändå du själv som har valt det namnet?

– Nja, kanske inte. Marie tyckte inte om Pettersson. Hon ville jag skulle heta något som har mer med naturen att göra, så hon föreslog Vinbladh och på den vägen är det...

– Varför flyttade du till kollektivet och slutade som mekaniker?

– Tja, man var ju ung och kär antar jag. Vi träffades på ett disco faktiskt. Hon började prata om hur bra det var på kollektivet där hon bodde och jag drogs väl med i det.

– Är du fortfarande kär i Marie? undrar Malin. Malte flämtar till.

– Men vad är det för en fråga?

– Bara en enkel fråga.

– Ja det är jag väl.

– Det lät inte övertygande?

– Alltså, vi har ju varit tillsammans så länge och det har väl blivit lite komplicerat, vårt förhållande, svarar Malte lite svävande.

– Trivs du på kollektivet då?

– Ja det är ju väldigt fritt och så...

– Hur kommer det sig att du är med på den här resan då?

– Jag har alltid önskat att få åka helikopter och nu på min trettioårsdag så fick jag den här resan av mina föräldrar. Fast Marie tror att jag är och vandrar på Kebnekaise. Alltså Marie, hon är en väldigt djupt rotad miljöpartist och tycker inte alls om fossildrivna medel. Hon skulle bli vansinnig om hon visste att jag åkte helikopter. Hon tror dessutom att jag tog tåget upp till Kiruna, fast jag i själva verket lånade mina föräldrars bensinslukande bil.

– Skulle hon bli vansinnig bara för en sådan grej? undrar Malin förvånat.

– Hon är väldigt principfast när det gäller miljö och sådant. Behöver jag säga att hon är med i Greenpeace?

– Men du är alltså inte lika mycket för miljön?

– Nja, jag var nog mer det förr. Men jag tycker fortfarande att miljön är en väldigt viktig fråga. Men jag har aldrig varit så engagerad som Marie är.

– Men du struntade i vad hon tyckte och stack i väg på denna resa i alla fall?

– Hmm, ja jag gjorde väl det, ler Malte. Men leendet ändras och nu ser han i stället ut att få skuldkänslor.

– Olydige Malte Vinbladh, som smiter upp till fjällen och åker fordon som släpper ut en massa avgaser... Det låter som om att du är ganska hårt hållen där hemma i Vilhelmina. Vad har du mer för drömmar? undrar Malin.

Malte blir tyst ett tag och tänker efter.

– En dag skulle det vara roligt att bara få klippa av sig sitt långa hår, lägga i lite vax och köpa sig ett par snygga Levi´s-jeans och inte bara köpa second-handkläder. Och kanske köpa en motorcykel. Bara åka omkring och få känna sig fri. Kanske ta ett vanligt jobb igen så man får lite rutiner i vardagen. Tjäna lite pengar. Kanske spara en slant.

– Det låter som om både du och jag har saker vi behöver uppnå om vi kommer härifrån levande.

– Ja, så kanske det är...

Herregud, vad är det jag sitter och säger till Malin egentligen? De här tankarna är ju knappt att jag vågar erkänna för mig själv och nu sitter jag och säger dem för Malin. Om Marie skulle höra mig nu så skulle hon strypa mig långsamt. Fast om vi ändå ska dö inom ett par dygn så kvittar det ju vad jag säger nu.

Kapitel 21

Det har nu gått femtiofyra timmar sedan kraschen. Per vaknar till och undrar vad klockan är.

– Hon är halv fyra på eftermiddagen. Du har sovit en stund, svarar Malte.

– Nä jag har bara vilat djupt. Jag har hört en del vad ni snackat om men jag har blundat. Kanske nickat till lite emellanåt.

– Det behövde du, stackare. Du ska få lite att äta, säger Malin och reser på sig. Malte kan inte undvika att titta lite i smyg på hennes bröst. De ser både stora och fasta ut och han misstänker att hon har silikonbröst. Han skäms lite för sin tanke men han hade också velat ha Malins bröst i ryggen såsom Per har haft. Hon tar snabbt på sig en t-shirt och jacka innan hon ger Per lite av maten. Han vill först inte ha men hon tvingar i honom lite i alla fall och hon ser nästan ut som om hon satt och matade ett litet barn, tänker Malte.

– Malin, jag hörde när ni pratade om din kille och att han också jobbade som yrkesmilitär i Boden. Jag beklagar verkligen att du har en idiot till pojkvän. Vad heter han mer än Urban? Säg inte att det är Urban Wiktorsson? säger Per nästan lite aggressivt.

– Jo. Vet du vem det är? säger Malin lite förläget och sväljer hårt.

– En sergeant som inte jobbat hos oss särskilt länge. En gapig och stöddig jävel. Vi har sett att han utnyttjar sin position mot rekryterna lite väl mycket. Passar inte särskilt bra som befäl. Han tror att han är något. Ursäkta mig Malin, men jag är inte överförtjust i din pojkvän.

– Han är inte min pojkvän längre och du får tycka precis hur illa du vill om honom, det har jag full förståelse för.

– Om det är så illa som du säger, att du behöver fly till Norge för att han inte ska få tag i dig, då är det illa. Riktigt illa. Man ska aldrig behöva vara så pass rädd för någon. Men jag kan lova dig Malin, att om vi kommer härifrån levande så ska jag se till att den där jävla grisen aldrig mer vågar så mycket som ens titta åt ditt håll. Män som slår kvinnor är ta mig fan det värsta jag vet! snäser Per som nu är riktigt upprörd.

– För mig får du banka på honom hur mycket du vill. Men hur skulle det gå till menar du?

– Jag vet några befäl på jobbet som har lite mer testosteron i kroppen än vad de borde ha. Men de är reko killar som jag litar på. Jag kan ta ett snack med dem och jag tror mer än gärna att de ställer upp på att skrämma upp ditt ex när de får veta att han är en kvinnomisshandlare.

– Tack Per! Det låter som en riktigt bra idé, ler Malin som faktiskt ser lite lugnare ut.

– Jag måste ut och pinka, säger Malte och reser mödosamt upp och sträcker sig efter en tröja. Malin ser hans bara överkropp och blir förfärad.

– Men herregud Malte, du är ju alldeles blåslagen på magen!

– Jo, jag vet. Det ser förjävligt ut, hehe.

– Men... du måste ju ha brutit revbenet eller nåt?! Har du inte ont? Varför har du inte sagt något tidigare för? undrar hon upprört.

– Äh, ni har väl tillräckligt med bekymmer att tänka på, svarar han och ser nästan lite generad ut. När Per hör detta blir han återigen upprörd.

– Men vad fan är det du står och säger? Vi sitter ju här i den här skiten tillsammans, så vi delar våra bekymmer, in i det sista! Dina åsikter är lika mycket värda som oss andras, Malte!

– Ja... Jo jag antar väl det, säger han och ler lite försynt innan han går ut ur bivacken.

Eftermiddagen går och det blir kväll. Malin känner av sin diabetes och känner sig skakig. Malte har tagit fram ett litet anteckningsblock och en blyertspenna och sitter och skriver. Han skriver intensivt och mycket och fyller sida på sida på det lilla anteckningsblocket. Till slut kan Malin inte låta bli att fråga.

– Vad är det du skriver för något? Ett testamente eller?

– Nä. Det kanske låter lite larvigt, men jag skriver faktiskt en kärleksförklaring till barnet jag aldrig fick. Ibland kan det kännas skönt att bara få skriva av sig lite, säger han och rodnar om kinderna.

– Oj. Har din tjej fått missfall menar du?

– Nä då. Men det är bara det att jag har alltid så gärna velat ha barn, men det vill inte Marie. Jag är tokig i ungar och skulle helst av allt vilja ha tre, fyra stycken. Fast det blev ju aldrig så...

– Fast än är det väl inte för sent att få barn? Du är ju bara trettio år, säger Malin.

– Nja, jag vet inte. Åren tickar ju på och Marie, äh jag vet inte längre, suckar Malte och ser ledsen ut.

127

– Förresten, du då? Har... har du några barn? undrar Malte. Malin skakar på huvudet.

– Nä. Det har bara inte blivit så. Har haft lite otur med killar, du vet. Du, hur länge har vi varit här nu? Hur länge sedan är det som helikoptern kraschade? undrar Malin. Malte räknar på fingrarna högt.

– Det måste bli runt sextio timmar nu.

– Sextio timmar! Det är ju två och en halv dag! Herregud. Och ännu har ingen hittat oss! Eller tror du att de har letat efter oss i ett par dagar och gett upp sökandet? undrar Malin oroligt.

– Bra fråga. Jag skulle tro att de knappt har börjat leta efter oss på grund av vädret. Så om bara blåsten och regnet upphör så borde de hitta oss snart. Vi måste tro på detta, Malin. Vi får inte ge upp nu!

– Nä jag vet. Men jag fryser så otroligt mycket att jag snart inte vet vad jag ska ta vägen. Och jag har börjat skaka så mycket också för att jag inte har någon mer insulin. Jag tror min kropp börjar lägga av. På riktigt faktiskt, säger hon och börjar gråta. Malte lutar sig fram och håller om Malin.

– Du? Gillar du varm choklad?

– Om jag gör! Tänk om man hade haft det nu. Och en stor kladdig kanelbulle. Tänk att bara få sitta på ett mysigt café och äta och dricka gott, säger hon drömmande.

– Jag lovar dig, att när vi kommer hem så ska jag bjuda dig på en stor kopp rykande choklad och den största och kladdigaste kanelbullen vi kan hitta, säger Malte leende. Malin börjar gråta igen. Både av hunger och av hopplöshet. Hon tvivlar starkt på att hon någonsin kommer att få uppleva känslan att få äta igen. Malte ser att hon är djupt nere i mörka tankar och försöker få henne att tänka på annat.

– Trivs du att jobba som lärare?

– Ja det gör jag faktiskt, ler Malin.

– Är eleverna snälla mot dig?

– Ja, de är helt underbara. De flesta i alla fall. Men det är jobbigt ibland när man får reda på att ett barn far illa i sin hemmiljö. Det har hänt att vi fått kontakta socialen.

– Vad kan ha hänt då?

– Det har varit olika. Det har hänt att elever har kommit till skolan med blåtiror. De brukar alltid bortförklara sig att de har ramlat. Men när de ständigt kommer med nya blåtiror blir man ju fundersam. För så ofta kan man inte ramla, så när vi har misstänkt våld i hemmet har vi varit tvungna att agera. Sedan finns det tyvärr barn som inte får någon annan mat hemma än den de får i skolan. Då gör vi en orosanmälan.

– Händer sådant verkligen i lilla Boden? undrar Malte förvånat.

– Ja tyvärr. Du ska bara veta vad mycket skit man får höra som lärare. Men om man bortser från sådant så har jag ett fantastiskt jobb och jag skulle inte kunna tänka mig att jobba med något annat faktiskt. Men du då? Saknar du inte tiden då du fick meka med bilar?

– Jo det gör jag. Det var skitskoj faktiskt. När jag var arton så köpte jag och farsan en gammal Saab 900 på tippen som vi totalrenoverade. Vi höll på i månader med den där gamla bilen i garaget om kvällarna, farsan och jag. Allt från att byta bromsskivor till topploppspackning och vattenpump. Lagade rost och bytte avgasrör. Och när den var körduglig så polerade jag upp den så den var skinande blank. Morsan brukade komma ut till oss i garaget med kaffe och mackor. Det var en härlig tid, suckar Malte och ler.

129

– Sålde du bilen sen?

– Nä. Hade tänkt det men jag har för många minnen med den bilen. Jag kan inte sälja den. Den står kvar hemma i garaget hos mina föräldrar, fast den är avställd såklart. Jag har haft funderingar på att börja köra lite med den ibland, men jag vet inte vad Marie skulle säga, säger Malte dystert. Malin får bita sig i läppen för att inte säga någonting elakt om den där Marie.

Per verkar sova igen. Stundtals yrar han. Svetten pärlar sig i pannan och de andra förstår att han har feber. Hela snögrottan har sakta men säkert börja lukta riktigt illa på grund av Pers sår som nu är kraftigt infekterat.

– Vad ska vi göra med Per? undrar Malin.

– Jag tror inte vi kan göra så mycket mer. Vi har klätt på honom så mycket kläder vi kan och vi har sett till att han inte är uttorkad. Så mycket mer kan vi inte göra. Jag tror tyvärr det bara är en fråga om timmar innan han också dör, suckar Malte.

– Fy vad hemskt om han med skulle gå bort! Hur är vädret utanför? Vi har inte kollat på länge, säger Malin och reser sig upp. På vingliga ben tvingar hon sig upp och kryper fram till den lilla öppningen och tittar ut.

– Det har slutat regna! Och det verkar inte blåsa heller, Malte! säger hon överförtjust.

– Allvarligt? Fan, då borde hjälpen vara inom räckhåll. Vi måste tänka positivt nu. Jag vet att du fryser Malin, men vi måste tro på att de kommer hitta oss snart. Inom ett dygn så är räddningen säkert här ska du se. Jag sätter mig bakom Per och försöker massera hans händer lite, de ser inte bra ut. Jag är rädd att om han överlever det här så blir han nog tvungen att amputera. Titta på de två fingrarna till exempel, säger Malte och pekar på två svartblå fingrar.

Med stor möda sätter sig Malte bakom Per och håller om honom. De sista krafterna börjar ebba ut även på Malte. Smärtan i magen har kommit tillbaka men han har inte hostat något mer blod. Dock är urinen lite blodfärgad fortfarande. Frusen och svag av matbrist kravlar han sig fram och lyfter upp Pers tunga kropp och trycker sig in bakom honom och börjar massera hans iskalla händer. *Hur länge till orkar jag vara positiv egentligen? Jag kanske borde sluta ljuga för mig själv nu. Visst fan borde de ha sänt i väg någon slags räddningspatrull att leta efter oss även fast det regnar och blåser? Eller? Jag pallar snart inte mer. Det är kanske dags att bara inse att man kommer att dö här i den här trånga lilla bivacken? Det verkar som att Malte Johannes Pettersson inte kommer att dö av hög ålder på något ålderdomshem i Vilhelmina, utan snarare verkar jag frysa ihjäl uppe på fjället någonstans i Lappland. Jag har hört att drunkning ska vara bland de hemskaste sätten att dö på men att dö på det här viset som vi tre gör nu är ganska brutalt det med. Stackars mina föräldrar. Att behöva få höra att sitt barn har omkommit i en helikopterolycka, det måste vara fruktansvärt. Om jag ändå bara kunde få krama om mamma och pappa en sista gång. Vad fan skulle jag hit upp och göra? Jag borde ha stannat kvar hemma på kollektivet i stället. Hur går det med Per förresten? Andas han fortfarande? Jo, bröstkorgen rör sig lite. Vi kan nog snart förbereda oss på att lägga honom ute bredvid Sven-Åke. Fan. Per som har fru och son där hemma i Boden. Stackars pojk, som får höra att hans pappa är död. Hur många år ska det ta för honom innan han kommer över den sorgen, stackaren? Det är som Per sa, att tonåren är en känslig ålder. När det bara är jag och Malin kvar, vem av oss står näst på tur att dö? Eller ska vi försöka ta oss härifrån och hoppas att vi når någon fjällstuga eller ser några fjällvandrare? Det är nog lönlöst, för min ork har snabbt försvagats bara på det senaste dygnet och jag tror det är likadant med Malin. Kanske att jag skulle orka ta mig ner till Helikoptern igen, men inte längre. Det är bättre att vi stannar här och hoppas på det bästa. Om de skulle hitta helikoptern så ser de även fotspåren som leder hit. Dessutom så ser de ju Sven-Åkes kropp också. Bara att börja inse, resan för mig slutar nog här.* Malte ser på Malin. Hon har lagt sig ner igen. Kanske sover hon men han vet inte. Inte heller hon har någon ork kvar. Malte tar lite snö och fuktar Pers läppar och tar lite snö till sig själv. Han lutar sig sedan tillbaka och börjar tänka igenom sitt liv. Från sina tidigaste minnen och sakta framåt till nutid. Han tänker på sina föräldrar, på allt de har sagt och gjort för honom. Hans trotsighet i ungdomens dagar. Det ångrar han nu. Han tänker på kompisar och på saker han själv har varit med om. På den där skolresan i nian där han drack öl för första gången. På samma resa fick han sin allra första kyss. Gisela hette tjejen, det minns han tydligt. Det går trögt att tänka när kroppen är så pass nerkyld som den är, men han försöker rikta in sig på positiva saker. Han vill minsann inte att det sista han tänker på innan hjärtat slutar slå ska vara någonting ledsamt. Tårarna som rinner ner för kinderna droppar sakta ner på jackan och vidare ner i snön.

Kapitel 22

Malte har sovit dåligt under natten. Stundtals har han legat vaken och försökt lyssna om Per andas eller inte. Då och då har han masserat hans händer och bröstkorg. Vid något tillfälle hostade Malin till och sa något i sömnen. Han sneglar bakåt mot öppningen på bivacken. Han är inte säker men han tycker sig se ljusa moln på himlen från där han ligger.

– Malin, är du vaken? viskar Malte. Svaret dröjer en stund. Så pass länge att han hinner bli orolig.

– Ja jag är vaken, hörs från Malin efter ett tag, som ligger vänd med ryggen mot honom.

– Jag tycker det ser ut som om vädret är fint ute.

– Okej, svarar hon oinspirerat. Men minuten senare börjar hon sakta och med stor möda resa på sig.

– Vad ska du göra, undrar Malte.

– Ska gå på toa. Har inte behövt kissa sedan i förrgår men nu verkar det vara dags, säger hon yrvaket.

– Per? undrar hon och nickar åt Per.

– Han andas fortfarande men det är svagare nu.

Malin kryper fram till öppningen och föser undan snön som täcker öppningen. Allt de gör går i slow motion. Hon halkar till och svär tyst för sig själv. Hon reser sig och går en bit utanför bivacken och kissar. Malte tänker att han med borde gå ut och kissa han med, men väntar tills Malin kommer tillbaka. Ett ljud hörs utanför. Det är Malins röst. *Vad gapar hon om där ute? Har hon ramlat och slagit sig? Inte ännu fler olyckor, det pallar varken hon eller jag av nu.* Han försöker uppfatta vad hon ropar om men hör inte. Hon verkar vara vänd bort från öppningen så att orden går inte att uppfattas. Ljuden tystnar och Malins steg hörs utanför och det låter nästan som hon snubblar in i bivacken med huvudet före.

– Malte! De är här! Räddningen är här, jag ser en helikopter som har landat! skriker hon rakt in i öppningen. Malin reser sig hastigt igen och viftar med armarna mot helikoptern så mycket hon orkar. Glädjetårar rinner ner för hennes kinder medan hon reser sig igen och fortsätter vifta och hoppa upp och ner. Malte tror knappt att det han hör är sant. Först funderar han på om han hallucinerar men kommer snabbt fram till att han är vid fullt medvetande och att räddningen verkligen är på väg. Nu hör även han det höga ljudet från en helikopter. Han slår Per försiktigt på kinden men får ingen reaktion.

– Per! Per! De har hittat oss nu, vi är räddade! ropar Malte i extas. Sakta men säkert börjar Per återfå medvetandet igen men han har inte förstått vad som är på gång.

– Per, en helikopter har landat utanför. Vi är räddade! Du kommer att få hjälp nu. Vilken minut som helst blir du utburen härifrån. Du kommer få smärtlindrande och varma filtar. Håll ut nu, grabben! Bara lite, lite till! Okej?

– Okej, säger Per som vaknar till. Han försöker lyfta upp handen och gör tummen upp. Det tar flera sekunder innan Per öppnar ögonen. Han har förstått att hjälp är på väg och en gnutta energi verkar infinna sig i hans svårt sargade och nerkylda kropp.

– Malte? viskar han med sin rossliga hals.

– Ja?

– Kan du göra mig en sista tjänst?

– Öh, ja vad då?

– Jag vill inte att ambulanspersonalen ska se mig i trosor. Kan du försöka slita av mig dem? Om det kommer ut att jag har trosor på mig så kan det bli ett jävla liv och det är onödigt, viskar Per.

– Självklart. Jag förstår. Men vi får skynda oss för jag tror de är på väg nu. Malin står utanför och vinkar till dem vart vi är.

Malte lättar på skärpet och knäpper upp Pers byxor. Det är knappt att han klarar det med sina stelfrusna och skakiga händer men lyckas till slut. Första tanken är att han inte har en chans att slita av trosorna så att de går av men ser sedan Pers kniv som sitter i skärpet. Snabbt tar han upp den och skär av troskanten och drar försiktigt av dem. Sedan gräver han ett hål i snön med handen och trycker ner trosorna och täpper sedan för hålet med snö. I samma ögonblick är det någon som gräver upp öppningen från utsidan.

– Hallå, vi är från räddningstjänsten. Vi är här för att rädda er, säger en man utanför. Aldrig någonsin har Malte hört en sådan befriande röst och han blir nästan rörd till tårar igen. Snabbt drar han upp gylfen på Pers byxor och vänder sig sedan om för att hjälpa till att vidga grottöppningen med ena handen. Utanför står två räddningsmän och har precis lagt en filt runt Malin. De är på väg mot helikoptern som har landat femtiotalet meter från grottan. Malte får hjälp upp ur grottan av en ur räddningsteamet men ser sig om oroligt efter Per.

– Ni får skynda er, han är i jävligt dåligt skick där inne!

135

Bara några minuter senare sitter alla i helikoptern. De får höra att de bara kommer att ta med sig de tre som fortfarande lever och att de strax åker tillbaka och hämtar de andra kropparna. Per ligger på en bår. Han har filtar på sig och har fått dropp och smärtstillande. Malin sitter tillbakalutad och gråter lyckotårar. Malte sitter bredvid Per och vägrar släppa taget om hans iskalla hand. Det ser ut som Per vill försöka säga något men ljudet från helikopterbladen överröstar dem. Malte böjer ser ner och lägger sitt öra mot Per.

– Jag vet inte hur jag ska kunna tacka dig, Malte. Utan dig hade jag varit död nu. Du måhända är en blyg och tillbakadragen kille som verkade sakna självförtroende när jag först träffade dig. Men du är tamejfan den tuffaste killen jag någonsin mött. Du slår alla de tuffingar jag träffar på jobbet varje dag – med hästlängder!

– Tack kompis, det var verkligen fina ord. Men du är inte så tokig du heller, du som har haft det tuffaste av alla här. Du härdade ut smärtan och kylan du har fått utstå. All heder åt dig. Låt oss nu läka våra skador och kroppar ordentligt, så får vi ta en återträff sedan och snackar lite skit, tycker du inte det? frågar Malte. Per nickar till svar. Malte reser sig upp igen och sätter sig bredvid Malin. Hon lägger armen om honom. Hon ser fullständigt utmattad ut men orkar ändå sig på ett litet leende.

– Vi klarade det. Vi överlevde detta helvete tillsammans. Vad har vi fått utstå egentligen? Detta är inte klokt, man tror knappt inte det är sant…

– Detta som vi nu har varit med om kommer vi aldrig någonsin att glömma. Nu ska vi hem och läka våra kroppar och våra sinnen, sedan får vi försöka se på det positiva. Vi har lurat döden alla vi tre och jag har kommit dig och Per närmare än vad jag någonsin har gjort med någon annan tidigare. Den där kopp chokladen, den måste vi ta snart. Jag bjuder!

– Absolut, det ska vi göra. Du är så fin, Malte. Jag saknar ord för hur modig och stark du är. Du är en sann hjälte, ska du veta! säger Malin och smeker Malte på kinden.

– Och du har varit heroisk som hela tiden har sett till att vi alla håller värmen så mycket det gått. Du har ett stort och generöst hjärta, Malin. Och en sak till, aldrig mer något fjälläventyr för min del, skrattar Malte.

Helikoptern stiger sakta och försiktigt rakt upp i luften och sätter sedan full fart mot sjukhuset i Kiruna.

Kapitel 23

En vecka senare. Det är Urban Wiktorssons sista vecka på jobbet innan semestern. Han har ännu inte hittat Malin och hur han än har vridit och vänt på alla tankar och funderingar så har han inte kunnat lista ut vart hon har tagit vägen och det retar honom. Varje kväll har han åkt bort till Malins mammas gata och ställt sin bil på långt avstånd och spanat på huset, ifall Malin skulle dyka upp där. Men ingen Malin har dykt upp och det gör honom förbryllad. Dagen börjar gå till sin ända och Urban spatserar över kaserngården på regementet. Ett befäl ropar plötsligt på honom bortifrån ett magasin.

– Wiktorsson! Kan du komma hit lite och hjälpa mig lyfta en sak?

Han ser inte vem det är som ropar och har ingen lust, men vinkar åt personen att han kommer. Med raska steg går han bort mot magasinet och hoppas att det han vill ha hjälp med snart är överstökat så han kan få åka hem. Han funderar på om han skulle ta och besöka Malins mamma Sonja en gång till, för hon borde ju ha hört någonting från sin dotter efter så här många dagar. Det är någonting som inte stämmer, tänker han och går in i magasinets stora port.

Där inne står en fänrik som han känner igen men inte vet namnet på.

– Vad ville du ha hjälp med? undrar han och ser sig om. Dörren bakom honom stängs hastigt igen och han ser att ännu ett befäl haspa dörren inifrån. Någon tänder en lampa och nu ser han hur tre andra befäl står runtomkring honom. En av dem håller i ett rep. Urban backar några steg tillbaka mot utgången men där står redan någon.

– Vad fan är det frågan om? frågar han nervöst och ser sig oroligt omkring. Han känner igen två av befälen. Båda är sergeanter precis som han själv. De andra är fänrikar.

– Karlsén! Vad i helvete är det här? Varför stänger ni in mig? Är det något jävla skämt det här eller? säger Urban och börjar se svettig ut.

– Du Urban. Det var en liten fågel som viskade en sak i mitt öra häromdagen. Vet du vad fågeln sa för någonting? säger fänrik Karlsén och går långsamt framåt mot Urban. Hastigt ser Urban sig om men precis bakom honom har det ställt sig två enorma killar som säkerligen väger tjugo kilo mer än han själv.

– Vad då för jävla fågel? Vad är det du har fått veta? Jag har inte gjort något fel! skriker han nervöst och börjar andas häftigt.

– Har du inte gjort något, säger du?

– Nä det har jag verkligen inte! Vad menar du? Vad är det här för jävla dumheter? Öppna porten nu så jag kan åka hem! Nu! befaller han ilsket.

– Den lilla fågeln viskade i mitt öra att du har misshandlat din flickvän. Inte bara en gång utan flera gånger. Slagit henne i ansiktet med knuten näve. Sparkat henne när hon ligger ner. Fy fan! Vi andra fyra här inne har någonting

139

gemensamt och det är att vi HATAR fega jävla män som slår sina kvinnor.

– Det har jag inte alls gjort! Malin har stuckit och det är fan inte mitt fel! skriker Urban.

– Du har bara för några dagar sedan slagit din sambo i ansiktet med din knytnäve så hon ramlade baklänges och när hon låg ner så sparkade du på henne, trots att hon låg där helt försvarslös. Tycker du att man gör så, Wiktorsson?

– N-nu var det ju inte riktigt så det gick till… stammar han och försöker se sig omkring efter en flyktväg men hittar ingen.

– Vet du vad, Wiktorsson? Gapig och stöddig, det kan du vara här på jobbet, men att bruka våld på kvinnor – det är ta mig fan det värsta vi vet! Fattar du?! gapar fänrik Karlsén samtidigt som en av de större killarna bakom Urban ger honom en hård knuff i ryggen. Urban stapplar till men håller sig på benen.

– Kom igen nu, Karlsén för helvete! Vi gick ju på samma utbildning tillsammans. Vi sov ju för fan i samma logement ihop, minns du inte det? Vi måste ju kunna lösa det här! säger Urban som nu inte har långt kvar till gråten men lyckas behärska sig. Fänrik Jonas Karlsén ser bara lugnt på Urban och låtsas inte som han hör vad han säger.

– Du förstår väl säkert att regementet inte kan ha kvar sådana svin som du här? Du undrar säkert vad vi tänker göra nu? frågar Karlsén och stirrar på Urban. Urban nickar snabbt och intensivt. Svetten rinner ner längs hans panna.

– Vad som kommer hända nu är följande: Mina kompisar här kommer att ge dig riktigt jävla mycket stryk. Sedan… ja sedan kommer du få en liten överraskning, kan vi säga. Ett hårt slag i njuren träffar Urban som skriker högt och faller ner på knä av smärta. Den andre storväxte killen ställer sig framför Urban och slår ett välriktat och hårt slag i ansiktet precis över ögat. Urban faller bakåt av smällen och stönar av smärta. Det går hål i ögonbrynet och blod rinner ner på hans kläder.

– Vänta för helvete, det räcker nu! skriker Urban.

– Här väntas ingenting! Det är VI som bestämmer när det räcker, fattar du?! skriker Karlsén och Urban nickar.

– Ta av dig kläderna.

– Va?

– Du ska ta av dig dina kläder sa jag! Eller behöver du hjälp med det? skriker Karlsén. Urban skakar på huvudet och börjar ta av sig sin uniform. Med darrande händer knyter han upp sina kängor och ställer dom bredvid sig. Med viss tvekan börjar han ta av sig byxorna och sedan M90-skjortan. När han har gjort det stirrar han med rädd blick på Karlsén.

– Jag kanske var otydlig?

– V-vad menar du? flämtar Urban.

– Ja, du står ju här som ett jävla fån med strumpor och kalsonger på dig fortfarande. Jag sa ju att du skulle ta av dig kläderna. Då menar jag ju alla kläder, din jävla idiot!

När Urban tar av sig sina kalsonger och slänger dem på skorna börjar de andra skratta åt honom. Han skyler sig med händerna och blir rödmosig i ansiktet. Sakta men säkert börjar hans vänstra öga svullna upp.

– Ditt öga börjar bli svullet, känner du det? undrar Karlsén. Urban nickar lätt med huvudet men svarar inte.

– Gör det ont?

– Ja.

– Vaddå "ja"? "Ja fänrik" heter det väl ändå för helvete?! skriker Klasén högt så att han blir rödmosig i ansiktet. Urban tvekar några sekunder.

141

– Ja fänrik…

– Kan du beskriva smärtan för oss?

– Det dunkar och pulserar. Det bränner!

– Okej. Tror du att din tjej Malin kände likadant som du gjorde nu? undrar Karlsén och går fram och stirrar Urban rakt i ögonen. Urban svarar inte.

– Var det ett eller två knytnävsslag som du gav i ansiktet på henne? undrar Karlsén. Urban tvekar med svaret några sekunder.

– Ett. Ett slag bara…fänrik.

– Okej. Bara ett slag säger du? Men du som är en tuff kille, du klarar säker två slag, tror du inte det? säger Karlsén och klipper till Urban på samma ställe med ett hårt knytnävsslag. Urban faller till marken av slaget och flämtar och flåsar men försöker att inte skrika av smärtan.

– Ställ dig upp, för fan! skriker Karlsén. Men innan Urban hinner resa på sig har en av de stora grabbarna tagit tag under armarna på honom och lyft upp honom på fötter igen. Karlsén tar fram en svart tuschpenna och börjar skriva i pannan och på bröstet på Urban som inte vågar annat än att stå still. När han har skrivit klart sätter han på korken och lägger tillbaka tuschpennan i sin rock igen. Sedan tar han fram en raggsocka och trycker in i munnen på Urban så mycket det bara går. När han är klar är hela Urbans mun fulltryckt med strumpa. En liten bit av strumpan hänger utanför munnen. En annan av de andra killarna tar fram en tunn kätting och virar runt först fötterna och sedan upp och runt händerna. Därefter sätter de fast kedjan med ett hänglås. En av killarna går ut och backar intill en bil nära porten. De föser in Urban i bakluckan, stänger luckan och åker i väg. Urban vet inte hur länge han blir liggandes i där bak men han gissar på minst en halvtimme. När de till slut stannar bilen och öppnar bakluckan, ser han att de befinner sig mitt ute i skogen. Två av killarna tar tag i Urban och slänger ut honom på marken bakom bilen. Karlsén sparkar till Urban lätt och säger åt honom att resa sig. Det är svårt för honom att resa sig utan att ha sina händer att ta till hjälp. Karlsén ställer sig nära Urban och håller upp en nyckel.

– Ser du den här nyckeln? Det är nyckeln till låset som håller fast kedjan som är runt dina fötter och händer. Den tänker vi åka tillbaka in med till regementet och lägga den på framdäcket på din bil. Vi lägger dina kläder där också, okej? Urban nickar. Tjockt snor rinner under hans näsa och det blöder från såret i ögonbrynet och det rinner ner runt hans igenmurade öga. Näsbenet är av och pekar lätt åt vänster.

– "Ja fänrik" heter det ju har jag sagt! Men du verkar ha en tjock jävla strumpa i munnen så jag hör inte vad du säger. Tänder du på att ha strumpor i munnen? Nä just det – du tänder ju på att slå oskyldiga kvinnor. Jag hoppas verkligen att du har fattat vad som händer med män som slår sina kvinnor här i Boden. Klockan är nu halv sex på eftermiddagen. Om du är riktigt snabb så borde du kunna skutta in till regementet igen och låsa upp innan någon ser dig, så slipper du skämma ut dig. Hur fan ser du ut egentligen? Blodig, naken och fastkedjad och med en liten pillesnopp i vädret. Fy fan vad löjlig du ser ut, Wiktorsson! skrattar Karlsén och vänder sig till de andra som också skrattar.

– Och när du har låst upp kedjan och kommit hem så vill jag att du i morgon bitti lämnar in din avskedsansökan till adjutanten, det första du gör på morgonen. Och om du så mycket som antyder till någon om vad vi har gjort med dig

143

så lovar jag att vi kommer se till så att du aldrig kommer att få uppleva dagens ljus något mera. Tro mig, det finns gott om plats att gräva ner lik häromkring i skogarna. Vi tänker såklart täcka upp för varandra om du skulle tjalla, så vi har alibi, bara så du fattar. Så studsa i väg nu din jävla kvinnomisshandlare! snäser Karlsén. Urban försöker förtvivlat säga något men strumpan som är intryckt i munnen på honom gör att han inte kan få fram ett enda ord.

– Va? Vad säger du? Jag hör inte vad du säger för du har en stor jävla strumpa i käften. Va? Vet du inte vart du är någonstans? Jag ska ge dig ett tips. Fågelvägen till regementet är däråt! pekar Karlsén. Urban börjar hoppa i väg med små steg i den riktning som Karlsén visade medan de andra står och hånskrattar åt honom. Karlsén och de andra dröjer kvar i några minuter och ser hur Urban kämpar vidare. Gång på gång ser de hur han ramlar han i den mjuka terrängen i skogen.

– Så där ja, det borde vara sista jävla gången han höjer näven mot en tjej.

– Tycker ni att vi har gått för hårt åt honom? undrar Karlsén och vänder sig om till sergeant Fors som står med armarna i kors och ser på en hoppande Urban Wiktorsson hundratalet meter framför dem.

– I helvete heller. Sådana som han behöver en riktig näsbränna för att lära sig. Jag tror aldrig han kommer slå en tjej igen. Men man kan ju aldrig vara riktigt säker, säger han med allvarlig min.

– Nä man vet ju aldrig förstås. Vad snopen han kommer bli när han upptäcker att det inte finns någon nyckel på hans bildäck, flinar Karlsén.

Kapitel 24

Det är den tolfte december och det har gått knappt sex månader sedan helikopterolyckan. Malte, Malin och Per har kommit överens om att träffas igen. Per tyckte de kunde träffas i Arvidsjaur som ligger ungefär mitt emellan Vilhelmina och Boden, för rättvisans skull, men Malte ville absolut att återträffen skulle ske i Boden. Det är inte långt mellan Pers hus och Espresso House. Det är lördag förmiddag och Per är strax framme. Snön har redan hunnit lägga sig flera decimeter i Boden och plogbilarna har fullt sjå att hinna med den snö som föll under natten. Han parkerar bilen längs Kungsgatan så nära han kan. Det finns en handikapparkering lite längre fram men den vägrar han att ta. Det finns de som behöver den betydligt bättre än honom, tänker han. Han krånglar fram kryckan från baksätet och börjar gå bort mot caféet. Han tittar på klockan. Den visar tre minuter i två. Det pirrar till i magen på honom när han öppnar dörren. Egentligen vet han inte riktigt vad han ska säga till de andra, men tänker att det lär ge sig vartefter. Det tar inte många sekunder innan han ser dem vid ett avskilt bord längst ner i hörnet. Malte skiner upp som en sol och reser sig för att hälsa. De ger varandra en lång och hård kram och Malte kan inte låta bli att fälla en tår som han snabbt torkar bort.

– Tjenare grabben! Jag känner ju knapp igen dig med den där frisyren, säger Per med förvånad blick. Maltes långa blonda hår är avklippt. I stället har han en tuff snaggad frisyr med en hel del vax i.

– Hej Malin! Vad roligt att se er båda igen! Under lite roligare omständigheter den här gången, säger Malin och ger Per en lång kram. Efter några stela sekunder sätter sig Per ner och lägger kryckan på golvet.

– Har ni beställt något att käka? undrar han och ser på de båda.

– Nej för fasen, vi väntar ju på dig såklart. Vad vill du ha, Malin? frågar Malte. Hon ler stort.

– Jag tror du vet svaret! Jag vill ha en stor kopp varm choklad och den kladdigaste kanelbullen de har, skrattar hon.

– Jag misstänkte väl det. Jag tar samma som du. Och du då Per, vad vill du ha?

– Kaffe. Svart, tack. Och ta en sådan där kanelbulle som ni har fantiserat om.

Malte går bort och beställer. Per ser på Malin. Hon har klippt sig lite grann och färgat håret ser han.

– Jag hoppas att det är lugnt på Urban-fronten? undrar han lite tyst. Malin nickar stort och ler.

– Jag vet inte vad du har sagt till dina kompisar och jag vill nog inte veta heller. Men Urban är som bortblåst. Det är tomt i lägenheten så han verkar ha flyttat. Men vart någonstans vet jag inte och jag bryr mig inte heller för den delen. Och jag har frågat hans kompisar men de har ingen aning.

– Bra, bra. Då har jag lyckats, ler Per och ser nöjd ut. Malin får en orolig min och böjer sig fram och viskar.

– Ni har väl inte haft ihjäl honom?

– Nej nej för fan! Han lever, skrattar Per.

Malte kommer tillbaka med en bricka i handen.

– Jag ser att du har en krycka med dig. Berätta, hur går det för dig?

– Jodå, det går framåt. Sakta men säkert. Jag har varit gipsad i några veckor och går fortfarande på rehab. Doktorn säger att jag kanske inte kommer bli hundra procent återställd men bra nära. Hoppas han har rätt.

– Men du då Malte? Har du återhämtat dig från dina skador?

– Ja det har jag faktiskt. Jag hade ju ett par revben som var av. Och njuren hade fått sig en smäll och vänstra lungan var delvis punkterad. Så det var ju inte så konstigt att man hostade blod och kände sig matt.

– Fy fan, du har då fått din beskärda del hör jag. Jag fattar inte hur du trots detta kunde lyfta upp mig ur helikoptern och sedan bära mig upp till bivacken! säger Per med beundran i blicken.

– Bor du kvar på kollektivet och så?

– Hmm, nä jag bor faktiskt just nu hemma hos mina föräldrar igen.

– Va? Har du lämnat kollektivet efter så många år?

– Ja, jag fick mig en rejäl tankeställare där uppe på fjället, så redan i bilen på vägen hem från sjukhuset så bestämde jag mig för att flytta därifrån och lämna Marie.

– Det var som fan! Här händer det grejer, minsann.

– Alltså, vårt förhållande var inte bra. Destruktivt. Jag hade nog inte riktigt förstått hur pass mycket Marie styrde mig. Det krävdes tydligen en helikopterolycka innan jag insåg det, flinar Malte.

147

– Ja, så kan det bli ibland. Men huvudsaken är att du är lycklig, även om det säkert var jobbigt att separera, säger Per och smakar på bullen.

– Det är jag, jag lovar! Men du själv då? Jag menar din lilla hemlighet? viskar Malte och böjer sig fram. Per suckar djupt.

– Även jag kom ju till lite insikter när vi låg i den där jävla snögrottan. Men det blir väl så när man har döden i bakfickan så att säga.

– Vad då för insikter? undrar Malin och lutar sig framåt.

– Insikten om att jag inte kan leva i den här lögnen något mer. Så därför, för bara ett par dagar sedan faktiskt, så tog jag mod till mig och berättade för både Linn och Alfred om min läggning, suckar Per. Malin är så nyfiken att hon knappt kan hålla sig.

– Men vad sa de då? Hur reagerade de? undrar hon och lutar sig ännu mera fram mot bordet.

– Ja, vad ska man säga… Linn sa att hon länge hade misstänkt detta men inte kommit sig för hur hon skulle konfrontera mig. Hon tog det bra och efter långa diskussioner så kom vi fram till att vi tänker fortsätta bo tillsammans. För vi är ju inte osams eller så. Men Alfred däremot…

Per biter sig i underläppen och börjar gråta öppet.

– Alfred tog det inte så bra. Inte alls bra faktiskt. Han… han bröt ihop fullständigt efter att jag hade berättat om läget och sprang ut från rummet, tog sina ytterkläder och stack ut. Linn säger att han sover hos sin bästa kompis… Fans jävla helvete, min älskade son vill inte längre veta av mig! utbrister Per och fortsätter gråta. Ett par vid bordet bredvid vänder sig om och undrar vad som står på. Både

Malin och Malte lägger sina händer om Per. De vill trösta honom men vet inte riktigt hur.

Det går några minuter innan Per har återhämtat sig. De fortsätter dricka sin choklad och kaffe. Malin försöker byta samtalsämne och påpekar att det var precis just en sådan här bulle hon fantiserade om inne i grottan.

– Har ni tänkt på vad mycket mer man uppskattar mat nu efter olyckan? säger Malte.

– Verkligen! Jag försöker verkligen att njuta av varenda tugga av allt! Och jag slänger heller ingenting, utan äter alltid upp allt jag har tagit åt mig, säger Malin och ler med hela ansiktet.

– Det kanske låter himla konstigt, men det kanske fanns det en mening med olyckan. Kanske den gav oss något positivt i slutändan? säger Malin med filosofisk blick.

– Ja kanske det, säger Per men låter inte riktigt övertygad. Malte harklar sig lite teatraliskt.

– Sedan är det ju faktiskt som så att det finns en annan sak Per, som du inte vet om, säger han och ler brett. Per ser undrande ut och sätter ner kaffekoppen på bordet.

– Det är så att jag och Malin tog kontakt med varandra ganska direkt efter när vi kommit hem. Det ena ledde till det andra och jag tror nog att jag kan tala för oss båda nu när jag säger att vi två är ett par, ler Malte och fattar Malins hand. Pers ögon blir stora och gapar.

– Nää! Det var som…! Det hade jag inte haft en tanke på. Men ni ser ju faktiskt riktigt söta ut ihop.

– Tack! Jag svor faktiskt på att jag inte skulle träffa någon man på väldigt länge efter Urbans senaste utbrott, men jag måste säga att Malte har allt som jag behöver. Han har trygghet, mod, humor och… ja, jag känner att jag kan lita

149

på honom. Och jag vet också att han aldrig någonsin kommer att vara våldsam.

– Nä, för då vet du ju vad som händer, se bara på Urban! flinar Per.

– Så, vad händer nu då? undrar han och ser på dem båda.

– Vi går sakta framåt och tar en dag i taget. Vi har inte bråttom. Men det lutar åt att jag flyttar ner till Malte i Vilhelmina, säger Malin och pussar Malte på kinden.

– Jag har fått nog av Boden. För många tråkiga minnen här. Men jag kommer att hälsa på min mamma så ofta jag kan.

– Jag tror att Malin får det bra nere hos mig i Vilhelmina. Hon har redan sökt ett par lärarjobb där. Och jag började på Mekonomen förra veckan faktiskt. Trivs som fisken i vattnet, säger Malte och skiner som en sol.

Efter att de fikat klart kommer de överens om att gemensamt skicka upp lite blommor till Sven-Åkes grav uppe i Pajala. Malin och Malte kramar om Per en sista gång innan de lämnar varandra och de lovar att de ska höras via Facebook. Per går med hjälp av sin krycka långsamt bort till sin bil igen och sätter sig. Han tar en djup suck innan han startar bilen och han oroar sig för att åka hem igen.

Det var som fan. Malin och Malte. Jäkligt kul för dem! De känns väldigt olika men kanske ändå inte. Malte verkar mycket mer öppen och glad nu. Det lilla jag märkte av honom innan kraschen var att han var väldigt försynt av sig. Som en riktig bohem. Men i själva verket var det nog hans gamla tjej som tryckte ner honom i hasorna. Han gjorde nog helt rätt som bröt upp med de där miljömupparna på kollektivet. Men hur fan ska jag orka fortsätta livet då? Var det ett misstag att komma ut som transvestit trots allt? Visst är det skönt att kunna öppna upp sig för Linn, men Alfred… Jag borde nog ha hållit käft trots allt. Har jag förstört hans liv för alltid nu? Hur fan ska vi i familjen ta oss vidare efter detta? Kommer han någonsin att vilja prata med mig? Eller tänker han ta avstånd från mig för resten av våra liv?

Per suckar ännu en gång innan han åker hemåt och han har en klump i halsen och känner sig väldigt olycklig och nervös inför framtiden. På gatan där han bor stannar han och släpper förbi en plogbil. De vinkar till varandra och Per åker bort till sitt hus och parkerar bilen på uppfarten. Han tar fram kryckan som han lagt i baksätet och öppnar dörren. Det har kommit en del snö som behöver skottas undan. Tyvärr får det bli Linn till att göra det, tänker han. Men när han haltar bort mot ytterdörren är det någon som öppnar den innan han hinner fram. Per stannar till undrar nyfiket vad Linn ska göra. Men det är Alfred som står där. Han är rödsprängd i ögonen och kinderna är blöta av gråt.

– Förlåt pappa! Förlåt för att jag överreagerade. Du kommer såklart alltid att vara min pappa, oavsett vad du än gör eller säger, snyftar Alfred och ser på sin pappa. Den klump som Per hade i halsen och den oro han nyss kände försvinner med ens. Han slänger i väg kryckan så den hamnar i snön, haltar fram så snabbt benen bär honom och kastar sig i famnen på sin son. Det är den bästa kramen han har fått i hela sitt liv och äntligen kan han känna sig hel igen.

SLUTORD

Ibland blir inte livet som man har tänkt sig. Sven-Åke jobbade hårt och länge och hann inte njuta av livet såsom han kanske borde ha gjort. Allt hans snålande och sparande av pengar till pensionen fick han aldrig någon nytta av själv. Malte lyckades bryta sig ut från ett dåligt förhållande där han inte uppskattades för den han är. Men det krävdes en tragedi innan han lyckades inse det och vågade stå på sig. Han förstod till slut att han och hans åsikter är både värdefulla och viktiga. Per tog till slut mod till sig att visa vem han egentligen var och vågade blomma ut. Stenar föll från hans hjärta och han kunde äntligen känna sig fullkomlig. Linn lät honom klä sig som han ville och kände att hon hade fått en man som var gladare nu för tiden. Det blev en chock för Alfred när Per kom ut som transvestit, men när chocken hade lagt sig så var ju Per faktiskt precis samma gamla vanliga pappa som innan. Malin kunde äntligen slappna av igen. I stället för att tassa på tå runt Urban och aldrig veta om han skulle få ett raseriutbrott igen eller inte, kunde hon nu leva i lugn och trygghet tillsammans med Malte. Året efter helikopterolyckan föddes deras tvillingar Lova och Märta.

152

Urban Wiktorsson flyttade till Strömstad och fick jobb som fiskförsäljare. Han lever själv i en etta med kokvrå och har inga planer på att skaffa någon ny tjej inom den närmaste tiden. Om kvällarna när han har släckt lampan brukar han känna på ärret han har ovanför sitt vänstra ögonbryn. Det påminner honom om sitt förflutna där bristen på respekt för andra människor skadade både honom och andra. Han vet bättre nu och han har lovat sig själv att han aldrig mer tänker bruka våld mot någon igen.